維榮之妻

ヴィヨンの妻

太宰治

陳系美——譯

目次

輯三 悵惘

輯一　羈絆

一年三百六十五天，完全無憂無慮的日子只要有一天，不，半天就好，就算幸福的人了。

維榮之妻

一

玄關傳來慌張開門聲，吵醒了我。我知道一定是爛醉的丈夫深夜歸來，因此默默繼續躺在床上。

丈夫打開隔壁房間的電燈，發出急促呼吸聲，翻找了書桌的抽屜，也翻找了書櫃的抽屜，不曉得在找什麼。不久，我聽到他咚的一聲坐在榻榻米上，依然氣喘吁吁地不曉得在做什麼。我躺在床上說：

「你回來啦。吃過晚飯了嗎？櫥櫃裡有飯糰。」

「哦，謝謝。」丈夫一反常態答得很溫柔，接著問：「小寶好嗎？還在發燒嗎？」

這也誠屬難得。小寶明年就四歲了，不知是營養不良的關係，還是丈夫酒精中毒害的，抑或病毒所致，竟長得比人家兩歲的小孩還小，走起路來搖搖晃晃，說起話來充其量也只會嗯嘛嗯嘛或咿呀咿呀的兒語，我都不禁懷疑這孩子是不是腦袋有問題。帶他去澡堂時，抱起他光溜溜的身體，實在太小太醜又太瘦，我忍不住悲從中來，顧不得眾目睽睽便潸然落淚。而且這孩子常拉肚子、發燒，丈夫又時常不在家，對小孩的事不聞不問，縱使我跟他說孩子發燒了，他也只應一句：「哦，這樣啊，帶去看醫生就好了吧。」然後匆忙披上斗篷大衣就出門了。我也想帶孩子去看醫生，可是家裡沒錢，只能陪孩子睡覺，默默地撫摸他的頭，除此之外別無他法。

不過這晚丈夫不曉得怎麼回事，不僅變得很溫柔，還難得問起小孩發燒的事。我並沒有特別高興，反倒有種可怕的預感，霎時背脊發寒。我默默地沒有應答，就這樣聽著丈夫急促的呼吸聲。過了片刻，玄關傳來女人的嬌嗲聲。

「有人在家嗎？」

我打了冷顫，彷如全身被潑了冷水。

「有人在家嗎？大谷先生！」

這次語氣有些尖銳，同時也傳來玄關的開門聲。

「大谷先生！你在家吧？」

這次顯然是憤怒聲。

此時丈夫終於走去玄關。

「幹嘛？」

丈夫語氣顯得惶恐不安，答得有些呆滯。

「你還問我幹嘛？」女人壓低聲音說，「你好歹也有個像樣的房子，居然做那種小偷的勾當，到底怎麼回事？別開玩笑了，把那個還給我。不還的話，我這就去報警。」

「妳在說什麼？太失禮了！這裡不是你們該來的地方。給我滾！不滾的話，我才要去報警！」

此時，出現另一個男人的聲音。

「大谷先生，你膽子真大呀！居然說這不是我們該來的地方？真是好樣的！令人傻眼吶！這事非同小可，那可是別人的錢，你開玩笑也要有個限度。一直以來，我們夫妻為你吃了多少苦頭，你不可能不知道吧！可是你居然做出今晚那種無情的事，我真是看走眼了！」

「你們這是勒索！」丈夫說得氣勢驚人，但聲音不停顫抖，「是恐嚇！給我滾！有事明天再說！」

「你別嚇唬人了，先生，你真是十足的大壞蛋。既然如此，我只好拜託警察幫忙了！」

這句話帶著駭人的憎惡，我渾身起了雞皮疙瘩。

「隨便你！」丈夫怒聲喊道，但有種空虛感。

我起身，在睡衣上披了外褂，走到玄關向兩位客人打招呼：

「兩位好。」

「啊，這是太太吧？」

一個穿著及膝大衣、年約五十的圓臉男，笑也不笑地對我點頭致意。

旁邊年約四十前後的女人，身材瘦小，打扮十分整潔。

「深更半夜的，不好意思。」

這女人也是笑也不笑，取下披肩，向我回了個禮。

此時，丈夫穿上木屐想跑出去。

「站住！別跑！」

男人抓住丈夫的一隻手，兩人頓時扭成一團。

「放開我！不然我刺你喔！」

丈夫右手閃現折疊刀的光芒。這把折疊刀是丈夫珍藏之物，我記得是收在他書桌的抽屜裡。看來他一定料到會有這種事，所以剛才一回家就翻箱倒櫃找出這把折疊刀，藏在懷裡。

男人倒退一步，丈夫趁機翻起斗篷大衣的袖襬，彷如大烏鴉逃了出去。

「小偷！」

男人大聲疾呼，想跟著追出去之際，我光著腳丫走到土石地面，連忙抱住男人，苦苦哀求：

「請您別追了。不管誰受傷都不是好事。有什麼事，我來處理吧。」

一旁的女人也說：

「對啊，老公。瘋子拿著刀子，不曉得會出什麼事呢。」

「畜生！我要報警，絕對饒不了你！」

男人茫然望著外頭一片漆黑的夜色，自言自語般地放話，但全身力氣已然鬆懈下來。

「對不起。兩位請進來坐吧，有什麼事跟我說。」

語畢，我走上玄關台階，蹲下來繼續說：

「說不定是我能處理的事，請進來吧，請進。家裡很寒酸就是。」

兩位客人對看一眼，彼此輕輕點頭，男人的態度似乎軟化了些。

「不管妳怎麼說，我們都不會改變主意。不過把來龍去脈跟妳說一下也好。」

「好的，請進。坐下來慢慢說。」

「不，我可沒那個閒工夫慢慢說。」

男人說著便要脫下大衣，我趕忙說：

「請您穿著別脫，太冷了，我說真的，請您就這樣穿著進來。因為我家沒有暖爐。」

「那我就穿大衣進去了，失禮了。」

「請進。這位太太也是，請直接穿著進來就好。」

男人先走了進來，女人跟在後面，兩人進到丈夫的六疊房間。腐壞的榻榻米，殘破的拉門，斑駁的牆壁，糊紙脫落露出骨架的隔間門，放在角落的書桌與書櫃，而且是空空蕩蕩的書櫃。看到這個房間的荒涼光景，兩人都倒抽了一口氣。

我拿出棉絮外露的破坐墊給兩人。

「榻榻米很髒，請坐在這上面。」

我再度向兩人致歉。

「兩位好，初次見面。我先生似乎一直給兩位添了很多麻煩，不曉得今晚又闖了什麼禍，竟做出那種驚人之舉，我真的不知該如何道歉才好。他就是那種性情古怪的人……」

說到這裡，我一時語塞，眼淚滾了下來。

「太太，恕我冒昧，請問妳幾歲了？」

男人大剌剌地盤坐在破坐墊上，手肘撐在膝蓋上，握拳托著下巴，探出上半身問我。

「您是問我嗎？」

「是的。我記得妳老公三十歲吧？」

「是的。至於我……我小他四歲。」

「這麼說是二十、六嘍？哎呀真是太可憐了。妳還這麼年輕啊？不，這也應該。妳老公三十的話，妳應該是這個歲數，可是我還是很吃驚吶。」

「我也是，從剛才打從心底佩服。」女人從男人的背後探出臉來說：「明明有這麼好的太太，大谷先生怎麼會那樣呢？」

「他生病了。他病了啊，以前沒這麼嚴重，後來漸漸惡化了。」

男人說著，沉沉嘆了一口氣，然後鄭重其事地說：

「事情是這樣的，太太。我們在中野車站附近經營一間小料理店，我和我老婆都是上州人，妳別看我這樣，像個吃喝玩樂的浪蕩子，其實我是個老實正經的生意人，因為不想以鄉下農民為對象，做那種小氣巴拉的生意，所以在二十年前，我帶著老婆來東京。剛開始，我們夫妻在淺草的一間料理店工作，和一般人一樣載浮載沉地賣力工作，終於存了一點錢，大概昭和十一年吧，在現在中野車站附近，租了一間狹窄簡陋的六疊小房子，戰戰兢兢開了一家小料理店，客人頂多是每次來消費一、兩圓的人。儘管如此，我們夫妻並沒有奢侈度日，依然省吃儉用努力工作，因此也有了多餘的錢可以採買大量燒酎和琴酒，就算後來到了酒糧不足的時代，也無須像別家餐飲店那樣被迫轉行，依然能撐著繼續做生意。當然也多虧客人的愛護與支持，甚至有所謂替軍官找酒的人，也循管道來到店裡，替我們打開了銷路。即使對英美的戰爭開打後，空襲越來越頻繁，我們沒有小孩的牽累，所以也不覺得需要疏散回鄉，心想就做到這間房子被燒毀為止吧。結果逃過一劫，戰爭結束了，真的鬆了一大口氣，接下來就大舉買黑市的酒來賣。簡單地說，就是靠運氣在生存的人。不過這樣簡單地說，妳可能會認為我們是不曾碰到大災難，運氣特別好的人。可是人生如地獄，所謂『寸善尺魔』是真的呀。稍微有個一寸幸福，隨後必定尾隨著一尺災厄。一年三百六十五天，完全無憂無慮的日子只要有一天，不，半天就好，就算幸福的人了。妳的老公大谷先生，第一次來我店裡，大概是昭和十九年的春天吧，總之那時對英美之戰也沒有敗象，不，說不定早就屈居下方。不過事實為何？真相為何？我們這種小老百姓是不會知道的，我以為只要撐個兩、三年，就能和那些國家擁有對等資格，和平終究會到來。我記得大谷先生第一次來我店裡，好像是穿久留米絣[1]和服和斗篷大衣，但其實不僅大谷先生，那時東京穿防空服外出的人很少，大多還是能穿普通服裝悠哉外出，所以我們並不覺得那時大谷先生的裝束格外邋遢。大谷先生那時不是一個人來。雖然當著太太的面，算了，反正紙包不住火，我就實話實說吧。一個熟女帶著妳老公從後門悄悄進來。不過，那時我店裡的正門每天都關著，用那時的流行語說叫做關店營業，只有少數熟客會從後門悄悄進來，而且不會坐在土石地的座椅區喝酒，而是在後面的六疊房間，將燈光調暗，不會大聲喧譁，只是偷偷在那裡買醉。那個熟女不久前還在新宿的酒吧當吧女，她當吧女的時候，常帶一些有頭有臉的客人來喝酒，所以也算我店裡的熟客。畢竟彼此做的都是跟酒有關的生意，對她來說算是熟門熟路吧。她的住處就在附近，後來新宿的酒吧被迫關

1 福岡縣久留米市所產的藏青色棉織布，需經三十多道工序織成，與「備後絣」、「伊予絣」並稱日本三大絣。太宰治是久留米絣的著名愛好者。

閉，她也不做吧女了，但依舊時常帶熟識的男人來我店裡喝酒。不過我店裡的酒也越來越少，無論再怎麼有頭有臉的客人，客人一多我並不像以前那麼高興，反倒覺得困擾。可是之前的四、五年裡，她帶了很多出手大方的客人上門，基於人情義理，她後來帶來的客人，我也不能冷落，還是照樣端出酒來招待。所以那時妳老公，跟這個熟女，哦，她名叫小秋，一起從後門悄悄進來的時候，我也不覺奇怪，照例請他們進入後面的六疊房間，端出燒酎伺候。那晚大谷先生靜靜地喝酒，酒錢是小秋付的，然後兩人就從後門一起離開了。我感到奇妙的是，那晚大谷先生非常安靜，舉止也相當斯文優雅，令我難以忘懷。難道魔鬼第一次出現在別人家，都會擺出一副靜悄悄、內斂低調的模樣嗎？然而從那一晚起，大谷先生就盯上我這家店了。過了十天後，他獨自從後門進來，猛地掏出一張百圓鈔票。那時候一百圓可是一筆大數目，相當於現在兩、三千圓以上的大錢。他將百圓大鈔硬往我手裡塞，說了句『拜託』，然後怯弱地笑了笑。那副模樣看起來早在別的地方吃喝過了。可是太太妳也知道，他酒量很好，我以為他喝醉了，他卻忽然能謹慎自持，說起話來有條不紊，不管喝再多，我從來沒看過他走路搖搖晃晃。雖然俗話說人到三十血氣方剛，也是酒量最好的時候，可是好到那種地步實在很罕見。那晚他好像也在別的地方喝了不少，可是來到我店裡依然連續喝了十杯燒酎，幾乎不怎麼說話，就算我們夫妻主動跟他搭話，他也只是腼腆地笑一笑，不置可否的『嗯，嗯』點頭，然後猛地問我們現在幾點了？起身付錢。我找錢給他的時候，他說不用，要我留著。我強硬地說這怎麼行，他笑了笑說：『那就留到下次吧，我會再來。』然後就走了。太太，我從他那裡收到錢，從頭到尾只有那一次而已，後來他總是找些說詞呼嚨，三年來，沒付過一毛錢，一個人幾乎喝光我家的酒，真的令人傻眼吶！」

我聽了不禁噴笑。莫名地覺得可笑，不由得笑了出來。頓時覺得失禮連忙掩嘴，看向老闆娘，不料老闆娘也在低頭竊笑。老闆無可奈何也苦笑了起來，繼續說：

「哎，這件事一點都不好笑，可是太令人傻眼了，不由得會想笑吶。其實他如果可以把那麼厲害的才幹，用在其他正途上，當個大官或博士什麼的，一定綽綽有餘。受害的不止我們夫妻，被他盯上，落得一貧如洗在這個寒夜哭泣的，好像還有別人。譬如那個小秋，只因認識了大谷先生，搞得資助她的恩客跑掉了，錢和衣服也沒了，現在住在大雜院髒兮兮的房間，過得像乞丐般的生活。其實那個小秋，剛認識大谷先生的時候，居然膚淺地被他迷得神魂顛倒，還曾大言不慚向我們吹噓，說大谷先生身分高貴，是四國某貴族的分支，大谷男爵的次子，目前因為品行不正遭斷絕父子關係，可是只要男爵一死，他就能和長男平分家產。腦筋聰明，是個天才，二十一歲就寫書了，而且寫得比石川啄木那個大天才更出色，接下來還要寫十幾本，雖然年紀輕輕，已經是日本第一的詩人。此外還是個大學者，一路從學習院、第一高等學校，進入帝國大學，精通法文德文，真是嚇死人了，小秋把他講得跟神人似的。可是小秋似乎也並非全然在吹噓，我們也向別人打聽過，他確實是大谷男爵的次男，也是有名的詩人，所以連我老婆一把年紀了，也和小秋競爭似地被他迷昏，說他教養良好，一定是好人家出身，成天盼望大谷先生大駕光臨，真是受不了。現在已經沒什麼貴族了，不過在戰爭結束之前，追求女人最好的方法就是說自己是遭父親斷絕關係的貴族子弟。說也奇怪，女人居然都上鉤。用現在的流行語說，就是奴隸根性吧。我身為一個男人也是身經百戰，老練得很，所以區區貴族的……當著太太的面不好意思，而且是四國的貴族分支，還是次男，這跟我們的身分差不多吧，我才不會膚淺地上鉤。不過該怎麼說呢，雖然我覺得他很難應付，也毅然下定決心，下次他如果再來拜託，我絕對不會給他酒喝。可是他好像被人追趕似地跑來，在意想不到的時間忽然出現，擺出一副終於鬆了一口氣的表情，看到那副模樣，我的決心也動搖了，就把酒給端了出來。他喝醉酒不會大吵大鬧，要是也能確實付酒錢的話，也算是個好客人。他不會吹噓自己的身分，也不會愚蠢地驕傲說自己是天才什麼的，可是小秋老是在他旁邊宣揚這個人有多偉大，說得像在廣告似的。然而我一心只想要錢，就催他們付酒錢。可是每當我這麼一說，他們就立刻裝蒜轉移話題。大谷先生雖然付過酒錢，但大多都是小秋付的，除了小秋以外，也有個讓小秋知道會很困擾的祕密女人，像是有夫之婦，有時也會和大谷先生一起來，也是幫大谷先生付酒錢，有時還會多付錢些放在我這裡。畢竟我們是做生意的，要是沒人付錢，不管是大谷先生或什麼王宮貴族，我們都不可能讓他一直白吃白喝。只靠偶爾支付的那一點錢根本不夠，我們可是虧大了。聽說大谷先生在小金井有個家，家裡還有個太太，所以也想上門談談酒錢的事，於是我也曾若無其事地問大谷先生住在哪裡，可是他立刻察覺到我的心思，說什麼沒錢就是沒錢，別這樣急著要，吵架對你可是損失喔。儘管如此，我們還是想知道他家在哪裡，也曾尾隨過兩、三次，不過每次都被他甩掉了。後來東京遭到連續大空襲，有一天大谷先生戴著戰鬥帽闖進來，擅自從酒櫃裡拿出白蘭地，站著咕嚕咕嚕狂飲之後就像一陣風走了，酒錢也沒付。戰爭終於結束後，我們也大舉採購黑市酒，店門口也換了新門簾，再怎麼窮酸的店也賣力經營，甚至雇了一個會親切待客的可愛女孩來當店員，不料那個魔鬼先生又出現了。這回他不是帶女人來，反倒常和兩、三個報社記者或雜誌記者一起來。聽那些記者說，軍人已經沒落了，接下來是詩人盛世，一直以來潦倒落魄的詩人會大受歡迎。大谷先生和那些記者們談外國人的名字、英語、哲學，說了一堆莫名其妙我聽不懂的事。然後他會忽然起身走出去，就沒再回來了。記者們當然一臉掃興，嘀咕那傢伙跑哪兒去了？我們也差不多該走了吧？便準備走人。我連忙制止：『請等一下。大谷先生老是用這一招溜掉。所以請你們付酒錢。』有些比較老實的就分攤酒錢付帳了事，但也有人臭罵：『叫大谷付！我們可是只有五百圓可以過活。』雖然被罵，我還是說：『不行啊，你們知道大谷先生欠了多少錢嗎？如果你們能從大谷先生那裡討回賒帳，我一半分給你們。』記者們聽了全傻了眼，紛紛表示沒想到大谷是那麼過分的人，下次不跟他喝酒了。可是今晚他們也湊不到一百圓，說明天再拿錢來付，並毅然地脫下外套當抵押。雖然世人總說記者不是好東西，可是跟大谷先生相比，他們耿介正直多了。如果大谷先生是男爵的次男，那些記者的品格尊貴得像公爵的長男。戰爭結束後，大谷先生的酒量更上一層樓，相貌也變得凶狠可怕，以前他不會講粗俗的低級笑話，現在變得朗朗上口，還跟一起來的記者在院子扭打鬥毆，甚至我們店裡雇用的未成年女孩，也被他騙到手給玷汙了。對於此事，我們相當驚訝懊惱，但事已至此，女孩也只能躲在棉被裡哭泣，我們也只能勸她死心，悄悄將她送回父母那裡。至於大谷先生，我什麼都沒說，只求他以後別再來了。結果他竟威脅要揭發我們偷賣酒的事，然後隔天晚上又若無其事地上門。我們從戰時就開始做黑市生意，可能是報應，才讓我們碰上這種宛如惡魔的人。可是他今晚做那麼過分的事，再也不是詩人或作家了，只是小偷！他居然從我家偷走五千圓！我們採購酒要花很多錢，通常家裡只有五百圓或一千圓現金。不，其實坦白說，我們的營業收入通常是左手進右手出，必須拿去採購酒。今晚我家之所以有五千圓這麼大一筆錢，其實是因為除夕快到了，我一家家去拜訪常客收賒帳的酒錢，好不容易才收到這筆錢，而這筆錢今晚馬上要付給酒商，為了過完年我們的店能繼續營業下去。這麼重要的錢，我老婆把它收到後面六疊房間的櫥櫃抽屜裡，大谷先生在土石地的座椅區獨自喝酒看到這一幕，便立即闖進房間，一語不發推開我老婆，打開抽屜，抓起五千圓鈔票塞進他的斗篷大衣口袋，趁我們目瞪口呆之際，火速跳下土石地衝出店外逃走了。我立刻追了上去，大聲疾呼叫他站住，老婆也一起追出去。我原本想大喊小偷啊！抓小偷！引來路上的行人一起抓他，可是想到大谷先生和我們畢竟老交情，這麼做對他也太狠了點，也就作罷了。不過無論如何，今晚絕對不能跟丟他，我和老婆死命跟在後面，一定要追到他的落腳處，好好跟他談一談，請他把錢還給我們，畢竟我們做的是小本生意。我們夫妻同心協力，終於跟到了這個家，壓抑著滿腔怒火，好好跟他說，請他把錢還給我，他居然拿出刀子說要刺我！那是哪門子的道理啊！」

我聽完之後，一股莫名想笑的心情又湧上心頭，不禁放聲笑了起來。老闆娘也紅著臉笑了。雖然對老闆過意不去，但我就是止不住笑，莫名地想笑，就這樣一直笑一直笑，最後笑出了淚。這時我驀然想起丈夫詩中的一句話：「文明的結果是個大笑話。」指的或許就是這種心情吧。

二

總之，雖然大笑了一場，但事情不可能就此平歇。我思考了片刻對他們說，我會想辦法處理這件事，關於報警一事，請他們再寬限一天，明天我會親自登門拜訪，也問了他們中野店的地址，硬是拜託他們答應我，今晚就到此為止，請他們先回去。他們走了以後，我獨自坐在寒冷的六疊房間思索，但怎麼想都想不出好主意，於是起身脫掉外褂，鑽進熟睡孩子的被窩裡，摸著孩子的頭，希望天永遠不要亮，明天永遠不要來。

以前，我父親在淺草公園的葫蘆池畔，擺攤賣關東煮。母親早逝，我和父親兩人相依為命住在大雜院，也和父親一起擺攤賣關東煮。那時他常來我們的攤位光顧，後來我瞞著父親偷偷和他約會，接著便懷了小寶這個孩子。經過一番波折，我成為他的老婆，但當然沒有入籍，因此孩子也成了「父不詳」。他只要一出門就是三、四天不回家，有時甚至一個月都不回家，不曉得他在外面做什麼。可是只要回家，總是爛醉如泥，一臉蒼白，呼吸急促地喘氣，也曾默默地看著我，忽然淚如雨下。有時冷不防地鑽進我的被窩，緊緊抱著我，渾身直打哆嗦地說：

「啊，不行。好可怕。我好怕哦。好可怕！救救我！」

丈夫睡著了也會說夢話或呻吟。翌日清晨醒來，像失了魂似的一直在發呆，然後忽然間又不見了，連著三、四天不回家。多虧丈夫在出版社的兩、三個朋友，非常擔憂我和孩子的生活，時而會拿些錢來接濟我們，我們母子才能免於餓死活到今天。

我迷迷濛濛快要睡著之際，忽地睜開眼睛，發現清晨的光線已經照進來了，便起身穿衣揹著孩子出門。因為我實在無法靜靜地在家裡待下去。

我漫無目的地走著，來到車站。在車站前的攤商買了糖果給小孩吃，然後一時興起買了到吉祥寺的車票，搭上電車，抓著吊環，不經意看到車廂裡的廣告海報，上面有丈夫的名字。那是雜誌廣告，丈夫在這份雜誌發表了一篇以「法蘭索瓦・維榮」[2]為題的長篇論文。我凝視「法蘭索瓦・維榮」這個標題與丈夫的名字，不知為何悲從中來潸然落淚，霎時看不清眼前的海報。

在吉祥寺下車後，我走去看看暌違多年的井之頭公園，池畔的杉樹早被砍光，像要開始興建什麼工程的地景，有種赤裸裸的淒涼，整個景致和以前截然不同。

2 法蘭索瓦・維榮（François Villon，一四三一—一四六三），法國中世紀的抒情詩人，被譽為法國近代詩先驅，一生放蕩不羈，沉迷酒色，命運多舛，更屢次入獄，終遭放逐，常被援以形容無賴、放蕩之人。

我放下背上的孩子，兩人坐在池畔的殘破長椅上，我拿出家裡帶來的地瓜給孩子吃。

「小寶，這個水池很漂亮吧？以前啊，這個水池有很多鯉魚和金魚喔，現在什麼都沒了，真無趣啊。」

孩子不曉得在想什麼，嘴裡塞滿了地瓜，鼓著雙頰，咯咯咯地發出怪笑聲。儘管是自己的孩子，我不免懷疑他是白痴。

然而一直坐在池畔的長椅上也解決不了事情，因此我又揹起孩子，搖搖晃晃地折返吉祥寺車站，逛了逛熱鬧的攤商街，然後在車站買了前往中野的車票，沒有任何主意也全無計畫，彷如被吸入可怕的惡魔深淵般，搭上電車，在中野站下車，照著問到的路線前進，終於來到那對夫妻開的小料理店前。

正面的門還沒開，於是我繞後門進去。老闆不在，老闆娘獨自在打掃店裡。我和老闆娘照面的瞬間，流利地說出自己也很意外的謊話。

「老闆娘，我能把錢都還給你們喔。今晚不行的話，明天確定能還，請您不用擔心。」

「哎呀，這真是太感謝妳了。」

老闆娘顯得有些開心，但臉上依然殘留忐忑的陰影。

「老闆娘，真的啦，一定會有人拿錢來這裡。在那之前，我願意一直留在這裡當人質。這樣您可以放心了吧？錢送來之前，讓我在你們店裡幫忙吧。」

我放下背上的孩子，讓他自己在後面的六疊房間玩，不斷地努力工作。小寶早已習慣一個人玩，一點也不礙事。因為腦筋不好，所以不怕生，也會對老闆娘笑。我代替老闆娘去領他們的配給物時，聽說老闆娘給他一個美國製的空罐頭當玩具，他就在六疊房間裡敲敲打打、推滾罐頭，自得其樂地玩。

中午，老闆採購魚貨和蔬菜回來。我一看到他立刻說出同樣的謊，把之前向老闆娘撒的謊再說一次。

老闆一臉驚愣地說：

「咦？可是太太，錢這種東西，沒捏在自己的手裡之前，都是靠不住的喔！」

出乎意外，他以鎮定的口氣如此訓示我。

「不會的，真的已經搞定了。所以請您相信我，請再寬限我一天。在那之前，我會在店裡幫忙。」

「只要能還錢，什麼都好說啦。」老闆自言自語般繼續說：「畢竟今年也只剩五、六天而已。」

「是啊，所以，所以那個，讓我……啊？有客人來了。歡迎光臨！」我對著三個一起走進店裡，像是工人般的客人微微一笑，然後小聲對老闆娘說：「老闆娘，不好意思，圍裙借我用一下。」

「唷，你們雇了一個美女啊。長得可真漂亮。」其中一位客人說。

「你可別誘拐她。」老闆以半開玩笑的語氣說：「她可是身價不斐喔。」

「百萬美元的名馬？」另一位客人低俗地調侃。

「就算名馬，母的也只值一半的價錢。」

我一邊溫酒，不甘示弱地回敬他那句低俗話。

「別這麼謙虛嘛。今後日本，不管是馬還是狗，都是男女平權喔。」

其中最年輕的客人，咆哮般地說：

「小姐，我愛上妳了！一見鍾情！可是，妳有小孩吧？」

「沒有。」老闆娘從後面抱小寶出來，「這是我們從親戚那裡領養來的孩子。這樣我們終於也後繼有人了。」

「也有了錢。」一位客人如此揶揄。

「也有了女色，也有欠債。」老闆先是正色低喃，隨後倏地改變語氣問客人：「你們要吃什麼？來個綜合火鍋吧？」

此時，我明白了一件事。心想果然沒錯，暗自點頭，表面裝作若無其事，端酒給客人。

這天或許是平安夜的緣故，客人絡繹不絕，接二連三進來，從早到晚我幾乎沒吃東西，可能是心事重重之故。老闆娘要我歇口氣吃點東西，我也說不用很飽了，然後彷如穿著一件羽衣飛舞似的，輕快地勤奮工作。或許是自我陶醉，我覺得這天店裡充滿異樣的活力，有客人問我叫什麼名字，甚至有兩、三位客人要求跟我握手。

可是，這又有什麼用呢？我依然摸不著頭緒，不知如何是好。只是面帶笑容，配合客人的低級笑話，回以更低級的笑話，穿梭在客人之間到處斟酒。後來只覺得，要是自己的身體能像冰淇淋一樣融掉該有多好。

這世上，偶爾還是會出現奇蹟的吧。

到了晚上九點多，一個頭戴紙做的聖誕節三角帽，臉的上半部蒙著怪盜魯邦黑面具的男人，帶著一位年約三十四、五，身材纖細容貌美麗的婦人，進到店裡。男人背對我們，在土石地角落的椅子坐下。這個男人一踏進店裡，我立刻認出他是誰，就是我的小偷丈夫。

他似乎沒注意到我，我也佯裝不知，繼續招呼其他客人。婦人在丈夫對面坐定後，喊了一聲：

「小姐，過來一下。」

「好的。」

我立即回應，走到他們兩人那桌。

「歡迎光臨，要喝酒嗎？」

我這麼說時，丈夫在面具底下偷瞄我，顯得極其吃驚。我輕拍他的肩說：

「要說聖誕快樂？還是什麼呢？你看起來還能喝個一升啊。」
婦人沒理會這一幕，一臉正經對我說：
「小姐，不好意思，我有事想跟老闆私下說，可以請他過來一下嗎？」
我去後面找正在油炸食物的老闆。
「大谷來了，請您過去一下。不過他身邊還帶了女人，請別說出我的事。我不想讓大谷難堪。」
老闆對我之前的謊言半信半疑，但似乎還是相當信任我，這回丈夫來了，他好像也單純認為是我的安排。
「請別說出我的事喔。」我再度提醒他。
「如果妳認為這樣比較好，我不會說。」
老闆爽快答應後，朝土石地的座椅區走去。
老闆環視座椅區的客人之後，筆直走向丈夫那一桌，與美麗婦人聊了兩、三句後，三人便一起走出店外。
不知為何，我相信沒事了，一切都解決了，內心欣喜萬分，不由得一把抓起穿藏青色碎白花紋和服的年輕男子的手，說：

「喝吧！多喝點！聖誕節嘛！」

三

僅僅三十分鐘，不，或者更快，比我預估的更早，老闆獨自回來了，走到我身邊說：

「太太，真的很感謝妳，錢拿回來了。」

「是嗎，太好了。全部嗎？」

老闆詭異地一笑。

「不是，只有昨天那筆錢。」

「那從以前到現在，全部欠了多少錢？請您盡量算便宜一點。」

「兩萬圓。」

「這樣就可以嗎？」

「我可是打了折再打折。」

「這筆錢我來還。老闆，明天起，請讓我在這裡工作吧？好啦，就這麼辦！我用工作來抵債。」

「啊？太太，妳真是通情達理啊。」

我們不約而同笑了起來。

這晚十點多，我離開中野的店，揹著孩子，回到我們小金井的家。果不其然，丈夫沒有回來，但我無所謂。明天再去那間店，或許就能碰到丈夫。為何我以前沒想到這個好辦法呢？以前受的苦，都是我太笨了，因為沒想到這個好辦法。以前我在父親淺草的攤子幫忙時，可是很會招呼客人呢。以後在中野的店，一定也能巧妙應對。譬如今晚，我就收到將近五百圓的小費。

據老闆所言，丈夫昨晚逃跑後去住在朋友家，然後今天一早就跑去那個美麗婦人在京橋經營的酒吧，不僅一早就猛喝威士忌，還胡亂賞錢給酒吧工作的五名女子，說是聖誕禮物。到了中午，叫了計程車不曉得上哪兒去，不久之後拿著聖誕節三角帽、面具、聖誕節蛋糕和火雞回來，並四處打電話邀約，呼朋引伴開了大宴會。平常他根本是個窮光蛋，今天怎麼如此闊氣，酒吧的媽媽桑心生疑竇悄悄一問，他竟也泰然自若，將昨晚的事全盤托出。媽媽桑和他交情不錯，跟他說鬧上警局就不好了，這筆錢一定要還，還自己拿錢出來墊，叫丈夫帶她來中野的店。中野店的老闆對我說：

「大致就是這麼回事。不過，太太妳真厲害啊，居然能想到這個辦法。是妳去拜託大谷先生的朋友吧？」

看來，他真的以為我打從一開始就知道丈夫會這樣來還錢，因此才先到他的店裡等。我笑了笑，只應了一句：

「是啊，當然嘍。」

明天起，我的生活將和過去截然不同，內心雀躍無比。我連忙上美容院做頭髮，也買齊了化妝品，重新縫製和服，老闆娘也給了我兩雙新的白布襪。一直以來積鬱心中的苦悶一掃而空。

早上起床，我和孩子一起吃飯，做了便當，揹孩子去中野上班。年底年初是店裡的旺季，在這裡大家稱我椿屋的佐知，這個佐知每天忙得團團轉，丈夫兩天會來喝酒一次，喝完酒一轉眼又不見了，酒錢都是我付。到了深夜，他又會來店裡探頭，悄悄地問我：

「可以回家了嗎？」

我點點頭，這才準備離開。也曾常常一路愉快地走在回家路上。

「為什麼不打從一開始就這麼做呢？我現在很幸福喔。」

「女人沒有幸不幸福可言。」

「是嗎？經你這麼一說，我也這麼覺得耶。那麼男人呢？」

「男人只有不幸，總是和恐懼在對戰。」

「這我就不懂了。不過，我想一直過這種生活。椿屋的老闆和老闆娘，都是很好的人。」

「他們是蠢蛋啊，鄉巴佬。妳別看他們那樣，其實貪得無厭喔。他們讓我喝酒，終究還不是想賺錢。」

「人家也是做生意嘛，當然想賺錢。可是不止如此吧？你騷擾過老闆娘吧？」

「那是很久以前的事了。怎麼？老闆發現了嗎？」

「他好像知道得很清楚，前陣子還嘆氣地說，也有了女色，也有欠債呢。」

「這麼說似乎很矯揉造作，其實我很想死，想死得要命。打從出生就在想死的事。為了大家好，還是死了算了。這已經確定的事。可是我卻遲遲死不了。總覺得有個奇怪恐怖的神，阻止我去死。」

「因為你還有工作要做。」

「工作根本不重要。我寫的那些東西，不是傑作也不是劣作。只要人們說好，就會變好，說壞就會變壞。就像呼出去的氣和吸進來的氣。可怕的是，這世上一定有神。有吧？」

「啊？」

「世上有神吧？」

「我也不知道。」

「這樣啊。」

上了十天、二十天班之後，我發現來椿屋喝酒的客人全是犯罪者，我丈夫還算比較輕微的。不僅是店裡的客人，連在路上行走的人，我都覺得他們也隱藏著什麼罪行。譬如有個穿著高雅、年約五十的婦人，來椿屋的後門賣酒，擺明地說一升三百圓。以現在的行情算是便宜的，因此老闆娘立刻跟她買，事後發現是摻了水的酒。連那麼高雅的婦人都得做出這種欺瞞勾當，在這種世上，想活得完全沒有不可告人之事，是不可能的。如同撲克牌遊戲，蒐集到所有負牌，就能豬羊變色變成正牌，這在道德世界有可能嗎？

如果真的有神，出來吧！我在正月的尾聲，遭店裡的客人玷汙了。

那晚下著雨。丈夫沒有來，但丈夫出版社的老朋友，也就是偶爾接濟我生活費的矢島先生和一位同業來到店裡，這位同業的年紀看起來和矢島先生差不多，都是年約四十的男人。兩人一邊喝酒，大聲聊天，還半開玩笑地說，大谷的老婆在這種地方工作，這樣好嗎？不好吧？

我笑了笑，問：

「那位太太，在哪裡啊？」

結果矢島先生說：

「我也不知道她在哪裡。不過至少比椿屋的佐知，更有氣質又漂亮。」

於是我接話說：

「真叫人嫉妒啊。要是能和大谷先生在一起，只要一夜就好，我願意陪他。我喜歡那種壞男人。」

「看吧，就是這樣。」

矢島先生轉而對朋友說，並歪了歪嘴。

到了這時，其實和丈夫一起來的記者們，也知道我是大谷詩人的妻子了。此外有些從記者那裡聽到消息的好事者，也會故意來店裡消遣我，但店裡的氣氛熱鬧起來，老闆心情也不錯，所以倒也未必是壞事。

這天晚上，矢島先生他們接下來要和黑市賣紙商人談生意，因此十點多離開。我也因為今晚下雨，丈夫又沒有來，雖然還有一個客人，但也開始準備回家了，到後面六疊房間抱起睡覺的孩子揹在背上，低聲向老闆娘拜託：

「能不能向您借把傘？」

「我有帶傘。我送妳回去吧。」

店裡僅剩的那名二十五、六歲、身形瘦小、工人模樣的男客，一臉認真地起身說。他是我今晚招呼的第一個客人。

「怎麼好意思。我已經習慣一個人走回家了。」

「妳家很遠的，我知道。因為我也住在小金井那一帶。我送妳回去吧。老闆娘，買單。」

他在店裡只喝了三杯酒，應該沒那麼醉。

我們一起搭電車，在小金井下車，一起撐傘走在雨夜昏暗的路上。一路上，這個年輕人原本默默無語，忽然開口說：

「我知道妳。因為我是大谷老師的詩迷。我自己也寫詩，想說有一天請大谷老師幫我指點一下。不過，我很怕大谷老師。」

到家了。

「謝謝你送我回來。改天店裡見。」

「好的，再見。」

年輕人在雨中離去。

深夜，玄關傳來咔啦咔啦的開門聲，我醒來心想，八成是爛醉的丈夫回來了，也就靜靜地繼續睡，不料卻傳來男人的聲音：

「有人在嗎？大谷先生在嗎？」

我起床開燈，到玄關一看，是剛才的年輕人。他搖搖晃晃地幾乎站不穩。

「太太，不好意思，剛才回家路上，我又在路邊攤喝了一杯。實不相瞞，其實我家在立川，走到車站一看，電車沒了。太太，拜託妳，請讓我住一晚。我不需要棉被什麼的，讓我睡在玄關裡的式台[3]就行。我會搭明早第一班電車回去，請收留我一晚。要不是下雨的話，我隨便找個屋簷也可以睡，可是下雨就傷腦筋了。求求妳。」

「我先生也不在家，如果你願意睡在式台上，那就請睡吧。」

語畢，我拿了兩塊破坐墊去玄關給他。

「不好意思，我真的喝醉了。」

他低聲難受地說，立即躺在式台上。我回到床上時，已聽到他鼾聲連連。

然後到了隔天清晨，我冷不防落入他的魔掌。

這天，我一如往昔，若無其事揹著孩子去店裡工作。

丈夫坐在店裡土石地的座椅區，桌上放著一杯酒，獨自在看報紙。上午的陽光照著酒杯，顯得光彩奪目。

「沒有人在嗎？」

丈夫回頭看向我說：

「嗯，老闆去進貨還沒回來，老闆娘剛才還在後門那裡，不在了嗎？」

「昨晚，你沒有來嗎？」

「我來了。我沒看到椿屋的佐知睡不著吶。可是我十點多來探了一下，他們說妳剛剛回家了。」

「後來呢？」

「後來我就睡在這裡了。雨實在下得太大了。」

3 式台，進入玄關後，高一階的鋪木地板處，為主人迎送客人之處。

「以後我乾脆也來住店裡好了。」

「這也不錯。」

「就這麼辦。那間房子再租下去也沒意義。」

丈夫默不作聲，轉頭繼續看報紙。

「哎呀，又寫我的壞話了，說我是享樂主義的假貴族。這傢伙說錯了，應該說畏懼神明的享樂主義才對嘛。佐知，妳看，這裡居然寫我『不是人』。這不對吧。事到如今我就告訴妳，其實去年底，我從這裡拿走五千圓，是想用這筆錢讓妳和孩子難得過個好年。如果我不是人，怎麼會做出那種事。」

我聽了並沒有特別高興，只淡淡地說：

「不是人也無所謂。我們只要能活著就好。」

阿三

一

丈夫像失了魂似的，靜悄悄從玄關出去。我在廚房清洗晚飯的餐盤時，背後隱隱感到他離去的氣息，難過到手上的盤子差點掉落，沉沉嘆了一口氣，伸長脖子看向廚房的格子窗外，丈夫走在南瓜藤蔓蜿蜒纏繞的籬笆小路旁，穿著洗到泛黃的白浴衣，腰間繫著細腰帶，如幽靈般飄浮在夏日暮色裡，實在不像活在這世上的人。我望著他落寞悲傷的背影逐漸遠去。

「爸爸呢？」

在院子裡玩的七歲長女，用廚房口的水桶洗腳，天真無邪地問我。這孩子景仰父親更勝於母親，每晚都在六疊房間裡，和父親在同一個蚊帳裡，蓋同一條棉被睡覺。

「去寺廟。」

我信口隨便回答。可是話一出口，總覺得說了不吉祥的話，感到不寒而慄。

「去寺廟？做什麼？」
「盂蘭盆節不是到了嗎？所以爸爸去寺廟。」
說謊真是不可思議的事，一個接著一個流暢脫口而出。不過這天確實是十三日的盂蘭盆節。別人家的女孩都穿著漂亮和服出門，得意地擺動和服的長袖玩耍，我們家的孩子卻因戰爭把漂亮的和服都燒光了，只能像平日一樣穿著簡陋洋裝。
「哦？會很快回來嗎？」
「我也不知道。如果雅子當個乖孩子，爸爸說不定會早點回來。」
我嘴上這麼說，但心裡明白，看他那個樣子，今晚一定也會在外頭過夜。
雅子走進廚房，然後走去三疊房間，落寞地坐在房間的窗邊眺望外面。
「媽媽，我的豆子開花了。」
聽到她令人憐愛的低喃，我不禁眼眶泛淚。
「我看看，啊，真的耶。不久會長出很多豆子喔。」
玄關旁有塊十坪大的田地，以前我在這裡種了各種蔬菜，自從生了三個小孩後，便無暇顧及這塊田了。以前丈夫也常幫我下田工作，最近完全不顧家裡的事，倒是隔壁家的先生把他們的田整理得很漂亮，種出了各式各樣的蔬菜。相較之下，我們的田很丟臉，只是雜草叢生。雅子將一顆配給的豆子種在土裡澆水，竟也長出了芽。她沒有任何玩具，這株豆苗是她唯一自豪的財產，去鄰居家玩也會吹噓地說，我家的豆子，我家的豆子。

落魄。蕭條。不，現在的日本，不只是我們處於這種狀況。尤其是住在東京的人，個個都顯得無精打采失魂落魄，非常費勁又慢吞吞地動著。因為我們的家當都被燒了，許多事都讓我們感到落魄。然而比起這種事，現在最讓我痛苦的是，身為人妻最迫切且痛苦的某件事。

我的丈夫，在神田一間相當知名的雜誌社工作了將近十年。八年前我們經由平凡的相親結婚，那時東京就很難找到出租的房子，後來我們在中央線旁的郊區，終於租到這間在田裡的獨棟小房子，一直住到大戰爆發。

丈夫身子很弱，逃過了徵兵，也逃過了戰時被徵用去工廠做工，平安地在雜誌社上班。戰爭轉趨激烈之後，我們住的這個郊外小鎮有製造飛機的工廠，因此炸彈接二連三投到住家附近來。有天晚上，一枚炸彈落在後面的竹林裡，把廚房和廁所和三疊房間炸得慘不忍睹，我們一家四口（當時除了雅子，長男義太郎也出生了）無法繼續住在這半壞的頹圮房子裡，因此我帶著兩個小孩疏散到我的故鄉青森市，丈夫則住在半壞房子的六疊房間，依然繼續去雜誌社上班。

不過我們疏散到青森市不到四個月，青森市也遭空襲燒毀，我們千辛萬苦搬來青森市的東西全全被燒了，真的就只剩身上穿的衣服，狼狽地去投靠沒有被燒到的青森市朋友家，猶如身處地獄驚恐失措，就這樣悲慘過了十天，日本宣告無條件投降。我思念東京的丈夫，於是帶著兩個孩子，幾乎像乞丐般的襤褸再度回到東京。因為沒有可搬遷的房子，便請木工整修壞了大半的家，好不容易一家四口又能生活在一起，稍微鬆口氣之後，這回換丈夫那邊出了問題。

雜誌社受到戰爭波及損失不小，加上高層董事之間因資本起了紛爭，雜誌社宣告解散，丈夫立即成了失業者。但因長年在雜誌社工作，也認識了很多業界人士，後來和幾個能力很強的人合資開了新出版社，出了兩、三份雜誌。可是這個出版工作也因紙張購入失敗，虧損了不少錢，丈夫也背了很多債務。為了善後，他每天茫然地出門，傍晚總是疲憊不堪地回家，他本來就沉默寡言，從那時起更是繃著一張臉悶不吭聲，後來總算弭平虧損，但他似乎也喪失了做任何工作的力氣。雖然他並沒有整天待在家裡，但在家的時候他經常若有所思地站在簷廊抽菸，一直望著遙遠的地平線。當我開始擔心，啊，又開始了。果不其然，他不知如何是好般深深嘆了一口氣，把抽到一半的菸往院子扔，從書桌抽屜拿出錢包放進懷裡，像失了魂似的，踩著無聲無息的腳步，悄悄走出玄關，那天晚上他通常不會回來。

以前，他是個好丈夫，溫柔的丈夫。喝酒也頂多日本酒一合[1]，啤酒一瓶，菸抽是抽，但也只抽政府配給的數量。結婚將近十年，他從沒對我動粗，也不曾口出穢言罵過我。只有一次，有個客人來找他，那時雅子大概三歲吧，爬到客人那邊，弄翻了客人的茶。丈夫有叫我，但我在廚房啪噠啪噠搧著炭爐沒聽到，因此沒回應。只有那時，丈夫一臉怒氣抱著雅子來到廚房，將雅子放在木板地上，以殺氣騰騰的眼神瞪著我，就這樣站了片刻，什麼話也沒說。然後猛地轉身背對我，朝房間走去，「碰」的一聲用力關上隔間門，那聲音大到我的背脊發寒，非常強而有力且尖銳，我深深感受到男人的可怕，嚇得渾身發抖。記憶中丈夫對我發脾氣，真的只有那一次。所以儘管我也因戰爭吃了很多苦，但只要想到丈夫的溫柔，我還是想說這八年裡，我是很幸福的。

（現在他變得很奇怪。那件事，究竟從何時開始的？我從疏散地青森回來，見到睽違四個月的丈夫，他的笑容帶著些許卑屈，態度畏畏縮縮，並試圖避開我的視線。當下我只覺得，可能是他過著一個人的不便生活累壞了，不禁心生憐憫。然而說不定這四個月裡……啊，我不要再想了，越想只會越痛苦，深深陷入痛苦的泥沼。）

反正今晚丈夫不會回來，我便把他的被褥和雅子的被褥並排在一起，然後掛好蚊帳，心中悲苦無比。

---

1 一合，一百八十毫升。

二

翌日接近中午時分，我在玄關旁的水井，洗滌今年春天剛出生的次女敏子的尿布，丈夫像沒臉見人的小偷似地悄悄回來，看到我，默默點了個頭，不慎絆倒整個人向前撲，就這樣爬進玄關。身為妻子，我不由得低頭心想，啊，丈夫也很痛苦吧。頓時心中充滿愛憐，無法繼續洗衣服，起身追著丈夫進屋。

「很熱吧？要不要把衣服脫掉？今天早上拿到盂蘭盆節特別配給的兩瓶啤酒喔，我先冰過了，要不要喝？」

丈夫戰戰兢兢，怯弱地笑了笑：

「這真是太好了呀。」接著又沙啞地說：「我們各喝一瓶吧。」竟然連這種顯而易見的笨拙場面話都說出來。

「好啊，我陪你喝。」

我父親生前是個大酒鬼，因此我的酒量也比丈夫好很多。剛結婚時，我和丈夫在新宿散步，走進關東煮店，丈夫一喝酒就滿臉通紅難以招架，我則是一點事也沒有，只是不知為何覺得有些耳鳴。

三疊榻榻米大的房間裡，孩子們吃著飯，丈夫光著身子，肩上披著一條濕毛巾在喝啤酒，我生怕浪費只陪他喝了一杯，就抱起次女敏子哺乳。這幅景象，看似一家和樂融融，氣氛還是顯得尷尬，丈夫一直迴避我的視線，我也必須細心揀選不會踩到丈夫痛處的話題，因此無法聊得盡興。長女雅子和長男義太郎，似乎也敏感地察覺到父母間的氣氛僵硬，非常乖巧地吃著蒸麵包配加了糖精的紅茶。

「白天喝酒，很容易醉呐。」

「哎呀，真的耶，你渾身紅通通的。」

這時，我無意間看到了。丈夫的下顎下方，停了一隻紫色的蛾。不，那不是蛾。剛結婚時，我也看過那東西，乍看會以為是蛾形的斑痕，我赫然一驚。丈夫也知道我發現了，慌張地用肩上的濕毛巾，笨拙地蓋住那個咬痕。我也因此洞悉了，他在肩上披濕毛巾就為了遮住那個蛾形咬痕。但我佯裝不知，非常努力半開玩笑地說：

「雅子也是，只要跟爸爸在一起，就覺得麵包啃起來很好吃呢。」

不料這句話成了在挖苦丈夫，頓時氣氛變得更僵硬，我的痛苦也到達了極點。這時隔壁鄰居的收音機，忽然傳來法國國歌，丈夫側耳傾聽，自言自語般地說：

「啊，對哦，今天是法國的國慶日。」

然後幽幽地笑了笑，像是說給我和雅子聽，繼續說：

「七月十四日，這一天啊，是革命……」

說到一半忽然打住了。我定睛一看，丈夫歪著嘴，眼泛淚光，一臉強忍不哭的樣子。接著他幾乎語帶淚聲地說：

「民眾紛紛站了出來，進攻巴士底監獄，從那之後，法國的春日高樓花宴就永遠，永遠喔，永遠消失了。不過，非得破壞不可，縱使知道永遠無法再建立出新秩序、新道德，還是非得破壞不可。據說孫文臨終說『革命尚未完成』，革命或許是永遠無法完成的，但是，儘管如此也得發動革命，革命的本質就是這種悲傷又美麗的東西。有人說做這種事有什麼用呢？但那裡有悲傷，有美麗，還有，愛……」
法國的國歌繼續播放著，丈夫說著說著哭了起來，然後一臉難為情，硬是傻笑地說：
「真不好意思，爸爸是醉後愛哭的人啊。」
語畢他轉過臉去，起身走去廚房洗臉，邊洗邊說：
「哎呀，不行。喝太醉了。居然為法國革命哭了。我去睡一下。」
便走去六疊房間，變得靜悄悄的。我猜他一定蜷著身子在偷哭吧。
丈夫並非為法國革命哭泣。不，或許法國的革命和家庭的戀愛很像。為了既悲傷又美麗的東西，不得不破壞法國的浪漫王朝，或和諧的家庭。這種痛苦，丈夫很清楚。可是，我也深愛丈夫，雖然不是以前那個紙店治兵衛的阿三[2]。

2 阿三，典出歌舞伎劇目《心中天網島》，作者近松門左衛門。故事敘述紙商治兵衛已有正室阿三，卻戀上遊女小春。治兵衛與小春相約殉情。

妻子的心裡，
住著鬼嗎？
啊啊啊——
住著蛇嗎？

在這種悲嘆裡，革命思想和破壞思想，都擺出不相干的表情過門不入，只有妻子獨自被留下，永遠待在同樣的地方，以同樣的姿態頻頻悲傷喟嘆，這究竟會變成怎樣呢？難道只能聽天由命，祈禱丈夫的戀愛風向能夠改變，將一切隱忍下來？我還有三個孩子呢。為了孩子，事到如今也不能和丈夫離婚。

連續兩晚不回家後，丈夫今晚終於要在家裡睡覺。吃過晚飯後，丈夫和孩子們在簷廊玩耍，連對孩子說話也是卑屈和藹，以笨拙的手勢抱起今年出生的么女，誇讚地說：

「妳長胖了呀，是個小美女喲。」

我不經意地說：

「很可愛吧？看到孩子，會想活久一點吧？」

丈夫臉色猛然一變，痛苦地應了一聲：「嗯。」

我暗吃一驚，直冒冷汗。

他在家裡睡覺時，通常八點就在六疊房間，鋪好自己的床褥和雅子的床褥，掛好蚊帳。即便雅子想和爸爸再玩一會兒，他也硬脫掉雅子的衣服換上睡衣，要她睡覺，然後自己也關燈躺下，就只是這樣。

我在隔壁四疊半房間，讓長男和次女睡覺後，做針線活到十一點，然後才掛起蚊帳，躺在長男與次女之間，不是排成「川」字，而是排成「小」字睡覺。

我睡不著。隔壁房間的丈夫似乎也睡不著，頻頻傳來嘆息聲，我也跟著嘆息，又想起阿三那首悲嘆歌。

妻子的心裡，
住著鬼嗎？

啊啊啊——

住著蛇嗎？

丈夫起身來到我的房間，我的身體僵硬了起來。

「有沒有安眠藥？」丈夫問。

「有是有，可是我昨晚吃光了，不過完全沒效。」

「吃太多反而沒效。六顆剛剛好。」他語帶不悅地說。

三

炎熱的天氣一天天持續著。由於炎熱與心事重重，我不太吃得下飯，臉頰的骨頭越來越明顯，連給寶寶哺乳的奶水也變少了，丈夫似乎也完全沒有食慾，眼睛凹陷，閃著可怕的眼光，時而還會自嘲地笑說：

「乾脆發瘋算了，比較輕鬆。」

「我也一樣。」

「正直的人應該不會痛苦。近來我深深佩服一件事。為什麼，你們，可以活得那麼認真正經呢？天生就能好好活在世上的人，和無法這麼做的人，會不會打從一開始就區別得很清楚？」

「不，其實我是遲鈍。可是……」

「可是什麼？」

丈夫真的像瘋子般，以詭異的眼神盯著我。我支支吾吾，說不出口。具體的事情太恐怖，我根本不敢說。

「可是，看到你痛苦的樣子，我也會痛苦。」

「什麼嘛，真無趣。」

丈夫鬆了一口氣般，微笑地說。

此時，我感到久違的淡淡幸福。（沒錯，只要能讓丈夫的心情輕鬆點，我的心情也會輕鬆起來。道德算不了什麼，只要心情能輕鬆就好。）

這天深夜，我進入丈夫的蚊帳裡。

「沒事，沒事，我什麼都沒在想喔。」

我說完躺下之後，丈夫以沙啞的聲音，半開玩笑地說：

「Excuse me.」

然後起身，在床上盤腿而坐：

「Don't mind. Don't mind.」

這是月圓的夏夜，月光從擋雨窗的破洞照進來，形成五、六道細細的銀線射進蚊帳，剛好落在丈夫削瘦袒露的胸部。

「倒是你瘦了啊。」

我也笑了笑，半開玩笑地說，起身坐在床上。

「妳也好像瘦了喔。妳就是愛瞎操心才會變瘦。」

「沒有喔，剛才我也說過了，我什麼都沒在想。好啦，因為我比較機靈嘛。只是，你偶爾要對我好一點。」

我說完笑了笑，丈夫在月光下也露齒笑了。我的祖父母在我小時候就過世了，生前他們夫妻經常吵架，每次吵架，奶奶就對爺爺說，你要對我好一點。

當時年幼的我覺得很好笑，結婚後將這件事告訴丈夫，兩人還曾為此大笑。

這時我向丈夫這麼說，丈夫果然也笑了，但隨即正色說：

「我自認對妳很好呀。不讓妳吹風受寒，非常珍惜妳。妳真的是個好人，別在意無聊的事，要確實保有自尊，冷靜點。我一直都把妳放在心上喔。這一點，無論妳多有自信都不為過。」

他說出這種鄭重其事的掃興話，害我變得很窘，只好低頭小聲說：

「可是，你變了。」

（我寧可你沒把我放在心上，討厭我，憎恨我，我反而覺得痛快解脫。你把我放在心上，卻又和別的女人上床，等於是把我推入地獄。

男人是不是搞錯了，認為把妻子放在心上是一種道德。即便喜歡上別的女人，只要沒忘記自己的妻子，就是好事，就是有良心。男人可能都一直如此認為吧。因此愛上別的女人後，便在妻子面前憂鬱嘆氣，展現出道德煩悶的樣子。可是妻子被丈夫的陰鬱感染，也會跟著嘆氣。若丈夫能毫不在乎地快活度日，妻子也不用覺得身處地獄。既然愛上別人，就乾脆點，徹底忘掉妻子，全心全意去愛吧。）

丈夫無力地笑了笑。

「我哪有變？我沒變呀。只是最近太熱，熱得讓人受不了。夏天真的Excuse me。」

我頓時覺得無所適從，也淺淺一笑。

「你這個人真可恨。」

故意裝出要揍他的樣子，然後迅速離開蚊帳，回到自己房間的蚊帳裡，躺在長男與次女之間，形成一個「小」字睡覺。

儘管如此，能向丈夫撒嬌，聊天說笑，我已經很高興了，覺得胸口的疙瘩也融化了些。這天晚上，我難得沒有輾轉難眠，一覺熟睡到天明。

從此之後，我的心態改變了，我常用這種方式輕輕向丈夫撒嬌說笑，就算搪塞敷衍也無所謂，態度不端正也無所謂，不那麼把道德當一回事。即使稍微也好，即便暫時也罷，我想過得輕鬆點，只要能有一小時或兩小時的快樂就好。用這種心態面對丈夫後，家裡也不時出現笑聲。然而就在此時，有天早上，丈夫忽然說要去泡溫泉。

「我頭痛得受不了，可能炎暑造成的。我在信州溫泉那裡有個朋友，朋友說隨時歡迎我，也不用擔心吃飯的問題。我想去靜養個兩、三星期。否則照這樣下去，我一定會發瘋。總之，我想逃離東京。」

忽地我暗忖，他是想逃離外面那個女人，所以外出旅行吧。

「你不在的時候，要是有強盜持槍進來怎麼辦？」

我笑著說。（啊，悲傷的人總愛笑。）

「妳就跟強盜說，我老公是個瘋子喔！持槍的強盜也怕瘋子吧。」

我沒理由反對他去旅行，只好從壁櫥拿出他夏日外出穿的麻料和服，可是我找遍了壁櫥就是找不到。

我心情惡劣地說：

「找不到耶，跑到哪裡去了？該不會被闖空門了？」

「賣掉了。」

丈夫裝出泫然欲泣的笑臉說。

「天啊，真快。」

「這就是我比持槍強盜更厲害的地方。」

我猜一定是外面的女人要用錢，所以他偷偷拿去賣掉了。

「那你要穿什麼呢？」

「一件開襟襯衫就行。」

早上才說要去旅行，中午就急著出發。一副刻不容緩想離家的樣子。偏偏這天連續炎熱的東京下起了驟雨，丈夫揹著後背包，穿好鞋子，坐在玄關的式台上，繃著一張臉，焦急難耐地等雨停。忽地，他冒出一句話：

「百日紅，是兩年開一次花嗎？」

玄關前的百日紅，今年沒開花。

「或許吧。」我茫然地回答。

這是我和丈夫，最後一次像夫妻般的親密談話。

雨停後，丈夫像逃跑似地匆匆離家。三天後，報紙出現諏訪湖殉情的簡短報導。

然後我收到丈夫生前從諏訪旅館寄給我的信。

「我和這個女人，並非為了愛情而死。我是一名記者。記者慫恿人們去革命或破壞，自己卻總是拔腿就跑還頻頻拭汗，著實是奇怪的生物，更是現代的惡魔。我受不了這種自我厭惡，於是決心爬上革命者的十字架。記者的醜聞，這是前所未有的事吧。倘若我的死，能讓現代的惡魔稍微面紅耳赤加以反省，我便深感欣慰。」

這封信裡，淨寫著這種無聊愚蠢的事。為什麼男人到了臨死之際，還要這樣裝模作樣堅持什麼意義，死要面子地說謊呢。

據我從丈夫的朋友那裡聽來的，那個女人是丈夫以前工作的神田雜誌社的女記者。我疏散回青森那段時期，她曾來這個家過夜，後來好像懷孕了。只不過這麼一點小事，就把革命搬出來搞得像什麼大事，最後還去尋死。我深深覺得丈夫是個沒用的人。

革命是為了讓人活得輕鬆快樂。我不相信一臉悲壯的革命家。丈夫為什麼就不能公然快樂地愛那個女人，也快樂地愛我這個妻子呢？地獄般的戀情，對當事人想必格外痛苦，但遭波及的旁人也很痛苦。

能夠輕盈地轉換心境，才是真正的革命。若能做到這一點，應該沒有難以解決的問題。連對妻子的心情都無法有任何轉換，這個革命的十字架也太悲慘了。我帶著三個小孩，坐在前往諏訪領取丈夫遺骸的火車裡，比起悲傷和憤怒，這種令人傻眼的愚蠢更讓我痛苦萬分。

櫻桃

我要向山舉目。——《詩篇》第一百二十篇

我認為父母比孩子更重要。即使學一些老派道學家，一本正經地思索「為了孩子」等等，我還是認為父母的問題重要得多，因為父母比孩子更脆弱。至少在我家是這樣。雖然我沒有自私無恥地打如意算盤，自己老了之後要兒女來照顧伺候，但我這個當父親的，在家總是在看孩子的臉色，討孩子歡心。說到孩子，我家的孩子都還很小，長女七歲，長男四歲，次女才一歲。可是小歸小，各個都快騎到父母頭上了。我們當父母的，簡直跟他們的僕傭沒兩樣。

夏天，全家鬧哄哄地擠在三疊榻榻米大的房間吃飯。一頓飯吃下來，我這個當父親的頻頻拿毛巾拭汗，獨自嘀嘀咕咕地發牢騷：

「雖然《誹風柳多留》[1]有提到，吃飯冒大汗乃為粗鄙之事，可是孩子們吵成這樣，父親再怎麼高雅有氣質也會汗流浹背。」

妻子則施展三頭六臂的本事，一邊給一歲的次女哺乳，又得忙著招呼丈夫、長女和長男吃飯，一會兒又得擦拭或撿拾小孩掉落的飯菜，還得幫小孩擤鼻涕。

「老公，你的鼻子真會冒汗啊，瞧你一直忙著擦鼻子。」

丈夫苦笑應答：

「那妳呢？妳是哪裡冒汗？大腿內側嗎？」

「你這個當爸爸的還真高雅呀。」

「什麼啦，我是在說醫學上的生理現象，沒有高雅低俗可言。」

「我啊……」妻子稍微正色道：「我這雙乳之間……是淚之谷……」

淚之谷。

丈夫靜默了下來，繼續吃飯。

我在家很喜歡講笑話。因為「苦悶煩心」的事太多了，所以表面必須「裝得很快樂」吧。但其實不僅在家，只要與人接觸時，無論內心多麼痛苦，身體多麼難受，我幾乎都是拚了命，努力創造歡樂氛圍。也因此，客人離去後，我總是疲憊至極，想著錢的事、道德的事、自殺的事。不，不僅與人接觸時，即使寫小說時也一樣。悲傷的時候，我反而會努力創作輕鬆歡樂的故事。我自認

1 《誹風柳多留》，江戶中期至幕末，每年出刊一次的川柳集。川柳為日本傳統詩的一種，與俳句一樣，構句為「五、七、五」，由十七個日文假名組成。

這是對世上最好的貢獻，但人們沒察覺我的苦心，反倒瞧不起我，說太宰這個作家，最近變得很輕薄，淨寫些膚淺的作品，只會用搞笑來譁眾取寵。

為人服務是壞事嗎？裝模作樣讓人笑不出來，就是好事嗎？

總之，我受不了正經八百、令人掃興、尷尬困窘之事。我在自己家裡，也是不斷地講笑話，帶著如履薄冰的心情講笑話，甚至出乎部分讀者與評論家的意料，我房間的榻榻米是新的，桌面井然有序，夫妻相敬如賓，也能互相體恤，丈夫當然沒有打過妻子，也不曾發生「你給我滾！」「滾就滾！」之類的粗暴口角，父母都同樣疼愛孩子，孩子們也活潑開朗地黏著父母。

然而，這只是表面。妻子解開衣襟便出現淚之谷，丈夫睡覺時盜汗也越來越嚴重。夫妻雙方都明白對方的痛苦，卻也都努力不去碰觸這個部分。丈夫只要說笑話，妻子也跟著笑。

但此時，妻子忽然說出「淚之谷」，丈夫靜默下來，思索要說什麼笑話來化解尷尬，偏偏一時想不出來，只好繼續沉默，結果氣氛變得越來越凝重。縱使丈夫是「笑話高手」，此時也只好正色說：

「雇個人來幫忙吧。看來也只能這樣了。」

丈夫說得膽顫心驚，猶如自言自語，生怕惹得妻子不高興。

家中有三個小孩。家事方面，丈夫完全不做，也徹底無能，連棉被都不會自己收。只會裝瘋賣傻說蠢笑話。關於糧食的配給啦登記啦，一概不懂。簡直就像旅館的住宿客人，頂多訪客來了，招待訪客，要不就拿著便當去工作室，有時整整一星期都不回家。成天嚷著「工作！工作！」一天卻只能寫出兩、三張稿紙。剩下的時間大多在喝酒。喝酒喝過頭，身子益發削瘦單薄，時而臥床不起。而且外頭似乎有不少年輕的紅粉知己。

至於孩子……七歲的長女，今年春天出生的次女，兩人都很容易感冒，但身體還算健康。可是四歲的長男瘦骨如柴，至今還在地上爬，站不起來，講話也只是咿咿啊啊，一句完整的話都不會講，也聽不太懂別人說的話，因此爬行走路或大小便都無法教他。儘管如此，飯倒是很能吃。然而吃歸吃，還是一樣長得瘦瘦小小，頭髮稀疏，根本沒有長大。

關於這個長男，夫妻倆都避免深入多談，生怕不小心說出白痴或啞巴……

只要其中一個迸出口，兩人再點頭承認，實在太悲慘了。妻子常緊抱這個兒子，丈夫則時而發作般，想抱這個兒子跳河自殺。

「砍殺啞兒次男。×月×日中午過後，住在×區×町×號的某某商人（五十三歲），於自宅六疊榻榻米房間，舉起斧頭砍向次男某某（十八歲）的頭部一擊致命，隨後自己以剪刀刺喉企圖自殺，目前已送至附近醫院，生命垂危。這家人最近招了二女婿（二十二歲）入贅，次男不僅是啞巴且腦子有問題，唯恐造成次女夫妻失和，父親愛女心切便決定殺死次男。」

看到這種新聞報導，又讓我喝起悶酒。

啊！希望只是單純的發育遲緩！希望長男突然快速成長，忿忿地嘲笑父母杞人憂天！夫妻倆將這件事放在心裡，沒告訴任何親朋好友，表面上一派輕鬆若無其事，開心地逗長男歡笑。

妻子想必也咬緊牙根努力在過活吧，我也是拚了命在努力。我原本就不是多產的小說家，又是個膽子極小的人，不料竟寫出一些知名度，也只能張惶失措地繼續寫。寫得很痛苦便求救於悶酒。所謂悶酒，是無法主張自己的想法，焦躁懊惱時喝的酒。總是能斷然主張自我想法的人，不會喝悶酒。（這也是女人少有貪杯之徒的原因。）

我和別人爭論，總是必輸無疑，從未贏過。總是被對方強大的確信與驚人的自我肯定，壓得喘不過氣，然後我就沉默不語。但後來我仔細想想，發現了對方的自私任性，也確認並非都是我的錯，但已經一度辯輸人家，這回又不死心地重啟論戰也未免太陰慘。更何況，在我看來，爭論無異於打架，到頭來總是徒留心頭的恨意，縱使氣得發抖也要面帶笑容、沉默不語，然後幾經反覆思考，最後只能去喝悶酒。

坦白說，我東拉西扯絮叨了一大堆，其實這篇小說的主題是夫妻吵架。

「涙之谷。」

這是導火線。這對夫妻如前所述，當然不會動粗，也不曾惡言相向，是相當和善的一對夫妻。然而這也是隱藏著一觸即發，令人戰慄的危險之處。這種危險在於，雙方都默默地握有對方不利的證據，時不時將手中的牌在對方眼前亮出一張，然後蓋上，再亮出一張，再蓋上，直到有一天，冷不防拋出一句

「我梭哈了」，將自己手中的牌都亮出來。這種若有似無的微妙緊張感，使得夫妻之間更加戒備而相敬如賓。姑且不論妻子，丈夫是個拍一拍就能拍出灰塵的人，而且越拍越多。

「淚之谷。」

妻子如此一說，丈夫覺得刺耳。但他不喜歡爭論，選擇了沉默，在內心嘀咕。妳說這話帶著幾分諷刺吧，不過妳要知道，哭的人不只有妳。我關心孩子的程度絲毫不輸妳，孩子半夜只要咳一聲，我一定會醒來，心疼得不得了。我何嘗不想搬家，讓妳和孩子開心住在好一點的地方，可是我實在沒那個能耐，光是維持現在的生活，我已筋疲力盡。我又不是什麼心狠手辣的魔鬼，哪有「膽量」對妻子見死不救。關於糧食配給登記的事，我不是不懂，是沒有時間懂。……丈夫在心裡如此低喃，但沒自信說出口，也擔心說出口，若遭妻子回嘴反駁，可能連氣都不敢吭一聲，因此只敢自言自語般，勉強提出自己的主張。

「雇個人來幫忙吧。」

妻子平時不多話，但只要開口，總是帶著冷酷的自信。（不單是她，我想絕大多數女人都是如此。）

「可是一直沒有人願意來呀。」

「再找找看，一定找得到人。不是沒有人願意來，是沒有人願意待下來吧？」

「你的意思是，我不懂怎麼對待傭人？」

「我沒這個意思……」

丈夫又沉默了。其實他就是這個意思，但也只能沉默。

啊，要是雇個人來幫忙就好了。每當妻子揹著小女兒外出辦事，丈夫就得照顧其他兩個孩子，何況每天來訪的客人，一定有十個左右。

「我想去工作室。」

「現在嗎？」

「對，因為今晚有份稿子非趕出來不可。」

這不是謊言，但也確實想逃離家中的憂鬱氣氛。

「可是今晚我想去我妹妹那裡。」

這件事，我也早就知道了。她妹妹病得很重。可是妻子去探病的話，我就得帶孩子。

「所以說，雇個人……」

我說到一半，放棄了。妻子娘家的事碰不得，只要一碰，兩人的氣氛就會盪到谷底。

人生如此艱難。渾身上下都被鎖鏈銬著，稍稍一動便噴血如柱。

我默默起身，從六疊房間的書桌抽屜，取出裝有稿費的信封，塞進和服袖袋，然後以黑色包袱巾包起稿紙與辭典，像個沒有實體的遊魂，悄然飄出門外。

此時我已無心工作，滿腦子想的只有自殺，便直接走去酒館。

「歡迎光臨。」

「喝吧。妳今天又穿漂亮的條紋和服……」

「不錯吧？因為我猜你喜歡條紋的。」

「今天我跟老婆吵架了，心裡懋得很難受。喝吧！我今晚要住這裡。說什麼也不回去！」

我認為父母比孩子更重要。因為父母比孩子更脆弱。

一盤櫻桃送了上來。

我家不會給小孩吃奢侈的東西。孩子們說不定連櫻桃都沒看過。給他們櫻桃吃，他們一定會很開心吧。父親如果帶櫻桃回去，他們一定很開心吧。如果拿一條線綁住櫻桃梗，掛在脖子上，看起來會像珊瑚首飾吧。

但是，父親吃著這一大盤櫻桃，像是在吃極為難吃的東西，拿一顆扔進嘴裡，吐出櫻桃核，再吃一顆又吐出櫻桃核，就這樣吃吃吐吐，心裡虛張聲勢地碎念：父母比孩子更重要。

輯二　狡黠

貓和女人很像，你若靜靜地待著，
她會喚你的名字；你若靠過去，她就逃了。

火鳥

序篇　高野幸代當上女演員之前

這是以前的事。須須木乙彥來到二手衣店，問店家有無黑色素面的外褂。

「毛料的話，有。」

那是昭和五年十月二十日，東京路樹的葉子隨風飄散。

「現在就穿毛料外褂，會不會太突兀？」

「接下來天氣會越來越冷，況且黑色素面的，不顯突兀。」

「好吧，拿給我看看。」

「是您要穿的嗎？」

須須木乙彥穿著袖口磨損的學生服，學生帽戴在後腦勺。

「是的。」須須木乙彥接過毛料外褂，套在學生服外面，「不會太短嗎？」他是個身材瘦高的大學生，身高約五尺七寸。

「毛料外褂，短一點反而比較好。」

「比較瀟灑是嗎？這件多少錢？」

須須木乙彥買下這件外褂。這樣全身的裝束都備齊了。幾個小時後，他穿著深灰色袷衣[1]搭上黑色素面外褂，來到內幸町的帝國飯店。

「我要訂房間。」

「您是要住宿嗎？」

「是的。」

他決定訂一間附有衛浴的單人房，在這裡住兩晚，隨身物品僅有一把藤製手杖。服務生帶他去房間。進房後，他首先打開窗戶，窗外是後院，豎著大煙囪，大得像火葬場的煙囪。天氣陰霾，看得見省道的護欄。

他背對服務生，眺望著窗外說：

「我要咖啡，還有……」停了半晌，轉身面對服務生：「算了，不用了，我去外面吃。」

服務生行禮告退時，乙彥叫住他。

1 袷衣，縫有內裡的和服，通常為秋冬穿著。

「啊，等等。我要在這裡住兩晚，麻煩你多照顧了。」乙彥掏出一張十圓鈔票，塞進服務生手裡。

「啊？」這名男性服務生年近四十，有些駝背，溫文爾雅。

「麻煩你多照顧。」乙彥笑說。

「謝謝您。」服務生端正斯文的臉上，浮現欣喜笑容，對乙彥恭敬行了個禮。

然後乙彥就外出了。他揮著手杖，悠哉地往日比谷方向走去。黃昏時刻，天氣微寒。乙彥踩著穿不慣的絨布草屐，走起來不太順，卻也從日比谷，途經數寄屋橋，晃到了尾張町。

接著他手杖改用拖的，往銀座走去，卻也沒在欣賞街景，只是眼神茫然地像在看水平線，就這樣信步走著。落葉像被風擄走，飄得踉踉蹌蹌。乙彥走進資生堂餐廳。餐廳裡已燈火通明，顯得相當溫馨。乙彥慢條斯理喝完熱咖啡，吃了一份對半切的三明治，走出資生堂餐廳。

夜幕低垂。

這回他將手杖扛在肩上，信步晃著晃著，忽地走進一間酒吧。

「歡迎光臨。」

他坐在角落的沙發，沉沉嘆了一口氣，然後雙手摀臉。不久重振精神，猛然抬起頭。

「威士忌。」他低吟般地說，淺淺一笑。

「哪一種威士忌？」

「哪一種都好。普通的就好。」

乙彥連喝了六杯。

「你的酒量真好啊。」

乙彥的兩旁都坐了女人。

「是嗎？」

乙彥臉色有些蒼白，只應了這句便沒再多說。

女人們一副百無聊賴。

「我要走了。多少錢？」

「等等。」坐在左邊的短髮女，輕拍乙彥的膝蓋，「真是傷腦筋啊，外頭在下雨喔。」

「下雨了？」

「是啊。」

世上真的有這種不可思議的瞬間，剛見面的陌生男女，竟能跳過一切的警戒與羞澀，也不裝腔作勢，恍惚地交談著。

「哎呀真討厭，每次我繫這件半襟[2]來上班，一定會下雨。」

仔細一看，是條老舊的半襟，底色淡黃的縐綢，以銀線繡出雁列。

「這雨還會下一陣子吧？」

「是啊。穿草屐很不方便喔。」

「好吧，繼續喝。」

這晚，兩人在帝國飯店過夜。翌晨，中年服務生悄悄進來，見狀驚愕止步，卻也隨即露出沉穩微笑。

乙彥也微微一笑。

「可以用浴室嗎？」

「請用。」

高野幸代從浴室出來後，臉上洋溢著健康的小麥色。乙彥正在打電話，不曉得在催誰快點來。

不久，房門氣勢驚人地開了，出現一位穿西裝的青年，燦笑如花，霎時讓整個房間明亮起來。

「阿乙，你真傻啊。」青年說完，轉而看向幸代，「妳好。」

「那個呢？」

「我帶來了。」青年從西裝內袋掏出一只黑盒子，「全部吃下去會死喔！」

「我睡不著嘛。」乙彥醜笑。

「也是有更好的藥啦。」

2 半襟，襯在和服領口內部的長方形領巾，具有防汗功能。

「你今天就請假吧。」青年在某大學的醫學研究室工作。「一起出去玩。」

青年與幸代相視而笑。

「反正我就是請假來的。」

於是三人離開飯店，攔了計程車去淺草看歌舞秀。在車裡，乙彥坐得和其他兩人有些距離。

「欸，」幸代低聲問青年：「他平常也都這麼沉默寡言嗎？」

青年哈哈大笑：「沒有，今天好像比較特別。」

「不過，我很喜歡喔。」

青年紅了臉。

「他是小說家？」

「不是。」

「畫家？」

「也不是。」

「嗯。」幸代獨自莫名地點頭，兜攏紅圍巾，將下顎埋進去。

看完歌舞秀，三人離開劇場，來到串烤店。店內氣氛安靜，三人圍坐在桌邊喝酒，宛如有血緣關係的手足。

「我要外出旅行一陣子。」乙彥以極其溫柔的口吻對青年說。溫柔到一旁的幸代都暗吃一驚。乙彥繼續說：「以後你不能再跟我撒嬌了。你是個前途無量的人。光是孝順父母，就可以是人生的偉大目標了。人生在世，能做的很有限，並非什麼事都能辦得到。只要隱忍再隱忍，凡事謹慎以對，人間處處有溫情。一定要相信這件事。」

「你今天怎麼又……」青年俊美的臉，浮現泫然欲泣的表情，「好奇怪喔。」

「不會啊。」乙彥輕輕搖頭，「我這樣就好。倒是你千萬不可以學我。你是大可擁有自身尊嚴的人，可以活得更有尊嚴。因為你值得。」

十九歲的幸代，恭敬地將青年的酒杯斟滿。

「好了，我們走吧。就此道別了。」

在串烤店外道別後，青年落寞地站在秋風裡，雙手插在褲袋，目送兩人離去。

只剩乙彥和幸代時，幸代說：

「你是想尋死吧。」

「妳看得出來？」乙彥淡淡一笑。

「對啊。我真是個不幸的人。」好不容易以為找到了，這個人卻即將離世。

「我可以說句無趣的話嗎？」

「什麼話？」

「你能不能為我活下去？我什麼都願意做，什麼苦都能吃。」

「不行啊。」

「這樣啊。」我要和他一起死，昨夜我已看見了幸福。「不好意思，我說了無趣的話。你會不會瞧不起我？」

「我尊敬妳。」乙彥慢條斯理地回答，眼泛淚光。

這晚，兩人在帝國飯店的房間吃了藥，端正並排坐在沙發上，身體就這樣逐漸僵硬。深夜，中年服務生發現了這一幕，大概知道怎麼回事，冷靜地悄悄走出房間，喚醒經理。一切善後在靜肅中進行。整個飯店，靜悄悄地睡到天明。須須木乙彥徹底斷氣往生。

女人活了下來。

*

高野幸代生於奧羽山中，繼承了祖先的優秀血統。曾祖父是醫生，祖父是白虎隊員，年紀輕輕就死了。祖父的妹妹繼承了高野家。幸代的母親，是個氣質高貴，面無表情的女人，後來招贅結婚，對象是女學校[3]的美術老師，住在山的另一頭，相隔八里的隔壁村，一間釀酒廠的次男，身子很弱，心靈也軟弱。由於高野家有些土地，因此他辭去女學校的教職也能生活。他常帶著狗，

3 日本舊制女子高中，通常要讀五年。

扛著獵槍，走在山林裡。想要畫出好畫，想成為優秀畫家。這種渴望在他心裡燃燒，但因軟弱，始終不敢說。

高野幸代在山霧與山林中長大，喜歡走在霧氣繚繞的山谷底，認為深海的底部一定也是如此。幸代小學畢業那年，父親又重回隔壁村的女學校教書，為了賺取幸代的學費。而幸代不負所望，考上父親任教的女學校。剛開始和父親寄宿在父親的老家，每天早上一起上學，但父親老家的人說，這樣身為一個教育者也太不體面了。生性怯懦的父親，二話不說立即贊同，回以「此言甚是」。因此幸代被送進了女學校的宿舍。山中的家，只剩母親一人。女學生們不太尊敬幸代的父親，總是叫他「瓜」，稱幸代則為「茄子」。源於「瓜藤結不出茄子」的反諷，嘲笑高野父女是「瓜藤結出了茄子」。事實上，幸代的膚色確實偏黑，也認為自己長得難看，因此總是警惕自己：「因為我長得醜，所以心一定要美。」為此努力不懈，在班上也總是當班長，成績也相當優異，除了繪畫之外，都拿到九十分以上。美術只有六十分，偶爾也拿到七十三分。這是怯懦父親打的分數。

四年級的秋天，幸代寫生畫了一幅波斯菊，父親難得給了「優」。幸代覺得不可思議，翻到畫紙背面一看，父親在角落寫了一行小字：「女人要溫柔。做人千萬不可欺負弱小。」幸代看了恍然大悟。

接著父親消失不見了。幸代聽到許多傳聞，有人說父親為了學畫逃到東京去了，也有人說是和母親之間發生了什麼事，或其實是父親老家和母親之間的問題，更有人說是父親外面有了女人，各種謠言滿天飛。不久，母親自殺了。以父親的獵槍直射咽喉，當場斃命。傷口猶如石榴炸開。

家中只剩幸代一人。父親老家那邊的人，為了照顧幸代並保護她的財產，將她接過來住。然而幸代搬出女學校宿舍，重回父親老家後，忽然性情大變。

這是十七歲才有的反骨。

有一天放學後，幸代忽然走去車站，買了到上野的車票，穿著學校的水手服搭上火車。東京已做好準備在等幸代。無論受不受歡迎，縱使被嘲笑奚落，幸代都把它當擦了鼻涕的衛生紙，揉一揉扔掉。就這樣輾轉遭遇了許多事情，在東京過了兩年，筋疲力盡。帶著陣亡的覺悟，甚至毫不以為恥地圍上母親唯一的遺物，那條陳舊不堪的半襟，去酒店上班。就在如此破釜沉舟之際，遇見了須須木乙彥。

起初，幸代迷迷糊糊醒來之際，覺得好像被男人的手緊緊抱著。往那個男人手用力一抓，不禁哇的尖叫出聲，好像還哭了。記得男人也確實一起發出啜泣聲，說了一句話：「就算只剩妳一個人，也要堅強活下去。」然而這個男人究竟是誰，幸代也搞不清楚。該不會是父親吧？還是在淺草道別的那個青年？總之這是一段迷霧中的記憶。完全清醒後，定睛一看，原來在醫院。那句話忽然在耳畔復甦：「就算只剩妳一個人，也要堅強活下去。」這時幸代才冷冷地暗自點頭心想：「啊，那個人死了。我這一生的不幸，依然是冷淡如鐵般目擊這種膠著狀態。我總是這樣啊。」想著想著，沉著到自己都覺得毛骨悚然。

不久，她知道病房門外有兩位穿制服的警察在監視。他們究竟想幹什麼？幸代感到些許不祥預感之際，六個穿西裝的紳士一湧而入走進病房。

「聽說須須木在飯店打過電話？」

「是的。」幸代悲戚地微笑回答。

「妳知道他打給誰嗎?」
幸代點頭。
「那個人是誰?」
「是個很可愛的人。」
「我是問名字。」
「我不知道。」
紳士們的竊竊私語,悄悄地充滿室內。
「哎,好吧。請妳立刻到警視廳來。妳不至於不能走路吧。」
幸代被帶上車,從車窗望出去,人們寒冷地縮著肩,忙碌地穿梭在街道上。幸代不禁心想,啊,好多人活著。
之後幸代被關進拘留所,整整待了三天。第四天早上,被叫去偵訊室。
「妳好像真的什麼都不知道啊。實在太愚蠢了。妳可以走了。」
「啊?」
「妳可以走了。今後小心點,要規規矩矩過日子喔。」

幸代搖搖晃晃走出偵訊室，來到昏暗的走廊，看到那名青年。

幸代對他輕輕一笑，隨後便哭了出來，投入青年懷裡。

「走吧。我也搞不懂怎麼回事。」

就是這個人。之前昏睡時的模糊記憶復甦了。那時就是他緊緊抱住我。幸代點點頭，離開青年的懷裡。

走出警視廳，外頭陽光耀眼。兩人靜靜沿著護城河走去。

「該怎麼說呢？」青年點燃一支菸，搖搖頭，「總之，真的把我嚇壞了。」

「對不起。」

「不，我不是這個意思。總之，這件事真的很駭人。倒是，妳對阿乙，哦不，須須木先生，妳對他一無所知吧？」

「我知道啊。」

「咦？」

「我知道他快過世前的事……」幸代說到一半淚如雨下。

「我指的不是這個。」青年一臉嚴肅，筆直凝視幸代，「這件事對我而言，不，對妳也是吧，是相當驚恐的打擊。」青年扔掉菸蒂繼續說：「但是話說回來，須須木先生好像做了不得了的事。他和妳的事，還沒上報喔。好像是被擋下來了。警方徹底查過妳的事，也來偵訊我。那個偵訊之嚴峻，害我吃盡了苦頭。妳是在他過世前兩天才遇見他，但我和他可是親戚喔，從小就玩在一起，而且我一直很喜歡阿乙。」青年停頓了半晌，硬是將暴風般湧上的嗚咽吞了回去，「後來警方終於明白我們和他的死亡毫無關係，才暫時釋放我們。只是暫時喔。今後若查出什麼事，有可能再把我們叫去，所以妳也要有心理準備。妳的身子也還沒完全康復，我答應警方負責當妳的保證人。」

「對不起。」幸代再度悲戚地道歉。

「不會。我自己是無所謂。」青年說著說著，想起這一星期承受的各種苦惱，心情變得不太好，「接下來妳打算怎麼辦？要不要去我的住處？還是……」

兩人已走到帝國劇場前。

「我要回入舟町。」幸代在入舟町租屋，在一間美髮店的二樓。

「哦，這樣啊。」青年的語氣不帶感情，心情越來越差，「我送妳回去吧。」

攔了一輛計程車，兩人上車後，青年問：

「妳家只有妳一個人？」

幸代沒有回答。

青年這少根筋的提問，使幸代感到異樣屈辱，一時悲從中來，死別的淚水與不甘的淚水翻湧而上，但轉念一想也哀愁地微笑，在心中暗忖，這個人什麼都不知道，這個少爺根本不知道我過著何等悲慘愁苦的生活。想到這裡，哀愁的微笑凍結了，轉眼變成惡鬼的笑容。

＊

有好幾個男人在喔。幸代很想如此回答。我明明長得很醜，並以此為恥，卻被人們說很漂亮，這是很悲慘的事。在風聲鶴唳裡，被威脅，被恫嚇，一生都得和滑稽的罪惡感對戰。高野幸代的容貌並不美，但男人為她發狂。她以精神之美，甚至帶著宗教性之美，更以肉體發出惡魔般的呢喃擄獲男人，常把男人變成白痴。這時的東京，男人裡流行著好色氛圍，幻想著把蒙娜麗莎變成裸體，或是當歌舞伎裡那個鮮活母性形象政岡的老公，或是聖女貞德、樋口一葉，總之都是把女人物化當作女體看待。這種極端的情慾，其實是一種虛無吧。而且虛無沒有膚淺深奧之分，當然都是膚淺的。幸代的周遭，聚集了一堆這種男人。在那堆蒼白蟑螂的圓陣中，只有一個女人，竟在大白天愚直地想看見火焰，靠著這種白日夢而活，是多麼悲慘的事。

「你是怎麼想的呢？你認為人都一樣嗎？」幸代思索後如此說：「我認為每個人都不一樣。」

「妳是指心理上？還是體質上？」年輕的醫學研究生，猶如在回答學校的考題，一臉鄭重反問。

「沒事，是我惺惺作態。我只是在裝模作樣啦。」剛才還在哭的人，此刻判若兩人地發出高亢笑聲，皓齒閃耀如冰，十分美麗。

走過這座橋，便到了入舟町。

「要不要去我家坐坐？」我是酒吧的吧女。

進房一看，只見善光寺助七盤腿坐在房裡。善光寺看到青年，隨即一副卑屈且笑嘻嘻地說：

「你也嚇了一跳吧？我可是嚇到魂都差點飛了。幸代總是這樣，蠻不在乎地做這種事，真是令人頭痛。消息傳到公司後，我立刻跑去醫院一看，這位先生，你只顧在那裡哇哇大哭吧？真是莫名其妙。後來警方擋下了這個新聞。你知道嗎？須須木乙彥可不是泛泛之輩，他是黑色恐怖分子，還曾襲擊銀行。」

青年驚愕地杵在房間一隅，臉色蒼白地問：

「是真的嗎？」

「再過個五、六天，新聞大概就會解禁了。」善光寺曾在報社工作。

幸代靜靜地拉開窗簾暗忖，難道當時在醫院，我是被這個善光寺助七抱在懷裡哭泣？

「你是什麼時候來醫院的？」幸代冷冷地問。

「我嗎？」助七那張酷似大倉喜八郎[4]的圓臉，霎時紅了起來，羞得像小孩似的。「不久之前。今天早上我打電話問警視廳，他們跟我說你們今天會出來，所以我就來這裡看看。樓下的大嬸很擔心妳喔，說妳不在的時候，刑警來過好幾次，把妳的房間翻遍了。大嬸那邊，我已經適當地打圓場了。妳就坐下來再說吧。」助七微笑抬頭望著幸代的臉：「太好了，妳終於平安回來了——」淚水在眼眶打轉。

幸代一手抵著桌面，宛如要崩倒般地坐下。

「一點都不好。有沒有香菸？真要命，我怎麼一看到你就突然想抽菸呢？」

「妳這招呼打得可真好啊。」助七嘴上酸她，心中滿是喜悅。

「那我告辭了。」青年剛才悄悄走到隔間門的旁邊，依然站著不動。

「哦？」幸代驚愕地抬眼看他，吐了一口煙。

4 大倉喜八郎（一八三七—一九二八），實業家，大倉財閥的創立者。

「妳要好好自重。我可是負責保妳出來的。為了須須木先生，妳也要振作一點。我相信阿乙。無論發生什麼事，我都支持阿乙。今天我就告辭了，改天再來。」

「今天真是謝謝你了。」幸代以輕浮的口氣說，低頭，輕咬下唇。

她沒起身送青年，一直低著頭，坐著不動。直到聽不見青年下樓梯的腳步聲，她才忽地抬頭說：

「助七，我要和你在一起。不管發生什麼事，我都不會離開你。」

「少來了。」助七難得一臉嚴肅，「我可沒那麼笨。」語畢起身，追著青年而去。

「先生！先生！」到了新富座劇場前，助七終於追上青年。「我有話想跟你說。」

青年回頭。

「我不恨你。我喜歡你。」

「哎，別這麼說嘛。」助七說得嬉皮笑臉，但看到青年高挑地站在路樹下，美得彷如一幅畫，不由得正經起來，心想這個男人真帥，「我有點事想跟你談一談，只要花你一點時間。你能不能陪我聊一下。我也——」助七停頓半晌：「我也喜歡你。」

兩人進入三好野餐館。

「須須木乙彥，是你的親戚吧？」助七和青年談話時，時而顯得親暱，時而保持安全距離，完全沒個準。

「他是我堂哥。」青年啜飲熱牛奶。他今天什麼都還沒吃。

「他是個怎樣的人？」助七問得很認真。

「他是我的，我們的——」青年欲言又止。

「英雄嗎？」助七苦笑。

「不是。是愛人。生命的糧食。」

這句話讓助七毫無招架之力。

「哦，這個好。」助七出身貧苦，過去十年裡，從未聽過如此純粹的話語。「我今年二十八歲，十七歲開始當服務生，一直過著對別人存疑的生活。

真羨慕你們啊。」之後助七就說不下去了。

「對我們來說，那是一種態度。」青年的左眼，因睡眠不足而充血。「不過態度的背後是有生命的。冷漠的裝模作樣，是最高的愛情。每次我看到須須木先生，都有這種感覺。」

「我也有我生命的糧食。」

助七低聲說，狀似親暱頻頻瞅著青年的臉。

「我知道。」

「我無話可說。只是，我原本是賤民出身，擁有的只有一個肉體。只有肉體……」助七說到這裡打住了，然後探出上半身說：「你是怎麼看那個女人的？」

「我覺得她是個可憐人。」青年答得雲淡風輕，讓人懷疑他是否早就準備好了。

「只有這樣？別擔心，我會保密。你對她沒有一種奇妙的感覺嗎？」

青年霎時臉紅。

「看吧。」助七噘起下唇，噗嗤一笑。「我猜的果然沒錯。不過你還算好的，只是一天。我已經一年了，三百六十五天。我被那個女人折磨，是你的三百六十五倍。不，罪不在那個女人。這不關她的事。罪在我低劣的血裡。儘管笑吧。我想贏得那個女人。我完全想要她的肉體。只是這樣。她長久以來相當輕蔑我，也憎惡我。不過，我有我的夙願。我遲早會讓她生下我的小孩，生下如玉般的女孩。怎麼樣？這可不是復仇喔。我沒有在想這麼小心眼的事。這是我的愛情。這才是愛的最高表現。啊，想到這件事，我就心如刀割，快要發狂了。你懂嗎？你懂我們賤民的這種心情嗎？」助七喋喋不休地說，說得嘴唇的顏色也變了，連口角都起了白沫，表情更是越顯兇惡。「這次她和須須木乙彥的事，我原諒她。這次就不跟她計較了。畢竟我現在還處於被她瞧不起的立場。這一點我有自知之明。雖然我真的氣到肝腸寸斷，可是我喜歡輕蔑我的傲慢女人，喜歡得不得了。她美得像蝴蝶。這是因果啊。她就儘管傲慢吧。怎麼樣，你今後也陪她一起玩如何？這是我對你的懇求。不是因為卑屈。我喜歡更為高尚的人，也讚美更為高尚的人。你是個好人，非常好的人。我說這話不是在嘲諷，也不是挖苦你。如果她能乖乖的和你這樣的好人玩在一起，沒問題，她一定會變得更柔弱，更美麗。這我敢確定。」助七的口水滴落在桌上，慌忙以手掌拭去，「請把她變得更美。請把她變成我望塵莫及的美好女人。拜託你。她絕對需要你。我的直覺錯不了。可惡，我也是有自尊的。掉到地上的柿子，我才不想吃呢！」

青年難掩鬱悶。

＊

幸代再度搭上火車。須須木乙彥的事上報了，幸代以情婦的身分也跟著上報，甚至刊出了照片。家鄉的伯父終於來到東京，由於警方的介入，幸代必須和伯父一起回鄉。亦即落魄之身。幸代想到即將見到睽違三年的故鄉山川，痛徹心扉地說：

「伯父，求求你。今後我一定會乖乖的，我非得乖乖的不可，所以你就別罵我了。我不想跟村裡的朋友見面，不想見任何人，請你找個地方把我藏起來。我一定會乖乖聽話，不會闖禍。」

彷如十二、三歲的少女般，幸代在火車裡再三懇求伯父。而親戚間，也只有這個伯父心疼幸代。伯父答應了，帶著幸代在抵達故鄉的前兩站，悄然下車。出了這個山間的小車站，坐上馬車走在蜿蜒彎曲的山路上，約莫二十分鐘，來到山谷一處溫泉。

「聽好了。妳就暫時待在這裡。我不會說出去。我家的人，我會適當地敷衍過去。妳明年也二十歲了，就好好在這裡做溫泉療養，好好想想將來的事吧。妳有為妳的祖先想過嗎？我們家和你們家不能相比的，你們家是名門望族。如果妳做出輕率之事，高野家會因此斷後。妳要知道，如今繼承高野家血脈還活著的人，只有妳一個。家系就是這樣，必須慎重維護下去。現在的妳，想必也遇到了許多非得死心的事，心態也變得更謙虛了，一定明白家系這種事情，對人生有多大的影響。妳不想興旺高野家嗎？千萬自重。這是我對妳的請求。此外也是妳尊貴的義務吧。雖然不多，但妳要建立一個家所需的財產，我家都為妳好好保管著。妳在東京這兩年的生活，在妳往後的生涯裡，或許反而是一帖良藥。過去的事就把它忘了吧。雖然很難忘，可是人活著，儘管背負著碰不得的深沉創傷也要忍住，裝作沒事地活下去。我是這麼認為的。總之，妳就暫時靜靜待在這裡。千萬不可以找刺激來療癒痛苦。儘管要花比較長的時間，自然療法還是最好的。妳就忍耐點，暫且待在這裡。我也得回家向大家報告了。我不會害妳的，不用擔心。但我也不會留一毛錢給妳，如果妳有想買的東西就跟旅館說。我會跟旅館的人交代。」

幸代獨自被留了下來。她提著燈籠，走下三百階的石階，一二三慢慢地數，一階階慢慢走下去，抵達山谷底的露天溫泉後，放下燈籠，旁邊即是流水滔滔的蜿蜒谷川，前方浮著一座老舊水車。幸代真的累壞了，悄悄進入浴池一泡，痛苦、屈辱、焦躁，一切都朦朧了起來，像個白痴似地張著嘴巴。即使自己的處境很難堪，卻也能像白痴般陶醉在溫泉裡。幸代心想，這或許是我的敗北吧。可是人在痛苦深淵也能如此陶醉享受，未嘗不是一件好事。水車緩緩轉動著沉重車體，一叢野菊花在燈籠旁顫抖。

再泡下去可能會融化在溫泉裡，儘管身子疲累不堪，幸代依然起身提著燈籠往回走，一二三慢慢地拾級而上，朝自己的房間走去。這間旅館頗大，昏暗的長廊並排了十來個房間，許多房間的紙拉門亮著，幸代知道這代表裡面有客人。第一個房間是暗的，第二個房間也是暗的，第三個房間是亮的，紙拉門忽然打開。

「小幸。」

「你是誰？」幸代嚇得渾身發軟。

「啊，果然是小幸。是我啦，三木朝太郎。」

「那個歷史的？」

「沒錯，妳記得很清楚嘛。來，進來吧。」

三木朝太郎，三十一歲，頭髮有點稀疏了，但從事的工作很華麗，是位劇作家，多少也有些名氣。

「嚇到妳了吧。」

「歷史的？」

三木朝太郎苦笑。「歷史的」是他喝醉時的口頭禪，因此銀座的吧女們管他叫「歷史的先生」。

「沒錯，正是歷史的。來，坐下來，要不要喝杯啤酒？雖然有點冷，不過妳剛泡完湯，喝杯冰啤酒剛剛好。」

歷史的先生房裡，稿紙散落一地，桌旁擺著五、六瓶啤酒。

「我就是這樣獨自邊喝邊寫，寫得很慢就是，實在不行啊。我總覺得隨便一個傢伙都寫得比我好，我已經不行了，沒落了呀。這份稿子寫不完，我就回不了東京，已經十幾天了，窩在這山裡的旅館痛苦得要命，落得這副慘不忍睹的下場啊。剛才，聽女服務生說妳來了，我瞬間呆掉了，心臟漏了半拍呢。我不是在做夢吧。」

幸代靜靜坐在書桌對面，三木溫柔地望著她嬌小姿影。

「我竟說了這些蠢話啊。果然是歷史的，實在難為情。只有身體是雀躍的，根本沒有用啊。」三木忽然垂下頭，為自己斟上啤酒，自己喝。

「你要有自信一點啦。我很高興喔，高興到想哭呢。」這不是謊言。

「我知道。我知道。」歷史的連忙說：「不過幸好沒事。妳很難過吧。沒關係，沒關係，我什麼都知道，知道得很清楚。聽到妳這次發生的事，我一點也不驚訝。妳是會走到那裡去的人。妳是必須穿越那裡的人。因為妳的愛情沒有底。不，應該說妳的感受性無邊無際。這點讓我有些驚異。無論什麼女人，我幾乎都能隨便敷衍過去，這樣也剛剛好就是。唯獨妳行不通的，因為妳看得出來。我不能粗心大意。為什麼呢？應該沒有例外才對。」

「不。女人啊，」在歷史的勸酒下，幸代喝了茶碗裝的啤酒，「其實女人都很機靈喔。這我就知道了，知道得很清楚。女人被敷衍對待時，其實都了然於心。儘管知道也裝作不知道，裝得像小孩似的，或者像雌獸。因為這樣比較有利。男人真的很正直啊。明明什麼露出來了，還覺得自己騙過了女人。狗是不會隱藏爪子的。有一次，那是個秋天的深夜，我在新橋車站的月台等電車，一隻很聰明的狗，好像是剛毛獵狐犬吧，從我前面走過，我看著牠走過去，看著看著就哭了。聽到牠走路時爪子喀噠喀噠作響，我不禁心想，啊，狗是不藏爪子的。狗的正直，惹人憐愛。想到男人就像狗一樣，更是悲從中來，不由得哭了起來。我一定是醉了。我真傻啊。為什麼要這樣袒護男人呢？因為我認為男人是脆弱的。可以的話，我甚至希望自己有千百個分身，可以袒護更多男人。男人老是裝帥耍酷多可憐啊。我覺得女人真正的強韌，反倒在袒護男人這一點。我父親消失前，告訴我一句話『女人要溫柔』，而女人的溫柔指的是——」幸代說到一半，宛如受到驚嚇的鹿，倏地垂下頭豎起耳朵。

「有人來了。請讓我躲一下。」語畢，幸代嫣然一笑，打開身後的壁櫥門，坐著扭滑進去。

「好了，你寫稿吧。」

「別這樣。這也是女人的擬態嗎？」歷史的露出聰明的笑容，「那個腳步聲不是來這個房間啦。好了，快出來，別做這麼不堪的事。我們好好聊一聊吧。」歷史的說完，自己也重新端坐起來。雖然他身形瘦小，但鐵框眼鏡裡有一雙大眼睛，高挺的鼻子為整張臉帶來典雅陰影，散發出頗有教養的氣質。

「你有沒有錢？」幸代茫然地站在壁櫥前，囁嚅地說：「我已經受夠了。和你在這種地方聊天，我更是想東京想得要命。都是你害的喔。都怪你用你的溫情玩弄我，害我都忘了自己的處境。這回全部都想起來了，我的不幸，我的汙穢，我的無力。東京真好啊。那裡有比我更可恥、更不幸的人，可是他們不會互相說教，總是笑著活下去。我才十九歲喔。我沒辦法在死心的自我裡，冰冷地活下去。」

「妳是想逃走吧？」

「可是，我沒有錢。」

三木睥睨地笑了笑，低頭陷入沉思，誇張地做出長考模樣。忽地抬頭說：

「我給妳十圓。」接著語帶怒氣地說：「妳真笨啊。我一直深愛著妳，妳卻不知道。我不想看妳聽到一點腳步聲，就嚇得偷偷躲進壁櫥裡，這種淒慘的模樣我實在看不下去。現在我給妳錢，可能就違背了道德。不過，這是我的純粹衝動。我遵循我的衝動。我不知道會有什麼下場。這只有神知道。但活著的人有權利，妳就照自己的意思去做吧。我們沒有罪。」

「謝謝。」幸代淺淺一笑，「你還真會瞎掰啊。這才是歷史的。不好意思，那麼回頭見。」

三木朝太郎苦笑。

*

昭和六年元旦，東京下雪。從黎明開始飄雪，一直下到中午。中午過後，一名男子豎起外套衣領，沒戴帽，抽著菸，悠哉走在戶山原的雜木林。看來是善光寺助七。

另一個穿斗篷大衣、身形瘦小的男人，忽然從樹林裡現身。是三木朝太郎。

「笨蛋，我早就來了啦。」三木一副醉醺醺的模樣，「真的要打嗎？」

助七沒有回答，扔掉香菸，脫掉外套。

「等等，等等。」三木皺起眉頭，「你這個骯髒的傢伙。你到底想把幸代怎樣？只說了一句『來拚個高下，到戶山原來單挑』就把我叫來，我可不會隨便陪你打喔。」

助七默不吭聲，冷不防就打過去。

「住手！」三木急忙閃開，「你不要發神經！聽我說，好好聽我說。昨晚我也有錯，我不該說那種話。」

昨晚，兩人在新宿的酒吧一起喝酒。他們早就是老朋友。席間，三木說溜了嘴，提起在東北山裡住宿的事，還說幸代的肉體如何如何。助七便問，幸代在哪裡？三木說不知道。助七不信：「別騙了，是你把她藏起來吧。」三木反嗆：「別這樣，太難看了，是你自己心猿意馬。」於是助七便下戰帖：「好吧，我們來拚個高下，到戶山原來單挑！」三木一臉蒼白，但也答應了，約在元旦中午碰面。昨晚這樣就道別了。

「我知道幸代在哪裡。」三木故作從容，掏出香菸，點起火柴。但吹過雪原的微風，再而三吹熄火柴，三木好不容易才點燃香菸。「不過，她跟我沒關係喔。她現在很努力求學，認真做學問。我覺得這對她是好事。她有的只是渾身氾濫的感受性，為了整理這些感受性，將它統一起來轉成行為，我認為還是需要教養，需要睿智。需要那種如山中湖水，冷冽清透的睿智。她就是缺乏這份睿智，做起事來才會亂七八糟。譬如，被你這種男人纏上，居然也會動彈不得——」

「你丟不丟臉啊。」助七冷笑，「這段台詞八成是你今早開始想的，想了又想背下來的。什麼學問？教養？說得臉不紅氣不喘的。」

三木心頭一驚，不由得滿臉通紅，心想這傢伙什麼都知道啊。

「你這傢伙實在有夠討人厭。好，我就陪你過招。像你這種傢伙，我是直覺地憎惡，宿命地排斥。但是，最後我還是問你，你究竟打算把幸代怎麼樣？」菸早就熄了。三木連抽了幾口熄火的菸，手指不住顫抖。

「我沒有打算怎麼樣啊。」這回輪到助七從容鎮靜，「我現在只想找到她的住處，用我的方式好好珍愛她。你要搞清楚，那個女人沒有我是不行的。這一點我最清楚。你不過在山裡的旅館和她共處一晚，就擺出居功厥偉的樣子，大言不慚。其實她後來根本就不鳥你了吧。她就是那種女人。」

三木不由得點頭。確實如此。

「不過，喂！」助七來勢洶洶又跨出一步，「就算只是一晚，我也饒不了你。我無法忍受。你好大的膽子，好大的膽子！」

「這樣啊，我懂了。來打吧。我也受不了你。自以為是的臭屁傢伙！」三木扔掉香菸，脫掉斗篷大衣，又脫掉外褂，稍微思索半晌開始鬆開腰帶，連和服也整個脫掉了，身上只剩汗衫與內褲。

「不能把女人只當作肉體看，真是可憐蟲啊。我怕你那寒酸的臭味會沾惹到我，和你打鬥要是弄髒了衣服，怎麼洗都洗不乾淨吶。放馬過來吧。」三木說著，把布襪也脫了，高齒木屐也扔了，最後連眼鏡都摘了：「來吧！」

啪的一聲巨響，響徹雪原，被打右臉的是助七。緊接著間不容髮又啪了一聲，這回打在左臉。助七踉蹌。意外的強襲。助七岔開雙腳站穩，放低腰身，張開雙手，擺好架式。若是相撲扭打，助七還頗有自信。

「你這是幹嘛？我可不是在跟你打鄉下的業餘相撲喔。」三木說完，往雪地一踢，繞到助七左邊，一拳往助七下巴打下去。但沒打中。助七飛快接住他的拳頭，順勢賞他一記漂亮的過肩摔。三木輕盈的身體，在雪空轉了一圈，咚的一聲沉重落地。

「可惡！真有兩下子。」三木摔得屁股著地，卻也由下往上奮力踢向助七的下腹部。

「唔……」助七按著下腹。

三木搖搖晃晃站起來，這次從正面，以自己的頭朝助七的眉間撞過去。大勢已定。助七在雪地上躺成大字形，片刻動彈不得，鼻血直流，兩眼的眼眶都腫成紫色。

遠處，一名女子躲在櫟樹邊，身穿鮮紅長大衣，胸前緊抱一把蛇目傘，膽顫心驚看著這一幕。她是幸代。

之前在旅館遇見三木朝太郎的隔天，幸代便啟程來東京，但也沒特別念書或做學問，寄居在以前銀座酒吧的同事家裡。這位朋友現在在神田一家舞廳上班，在四谷租了一間公寓，幸代就寄居於此。每天打毛線，洗衣服，幫忙下廚做家事，似乎不急著找工作，也不想再回去當吧女。不久，三木朝太郎離開山中旅館，不曉得在哪打聽到幸代的住處，笑咪咪前來找她，問她想不想當女演員。幸代只笑著回說：「哎呀，辛苦你了。」並沒有多理他。但三木也沒就此死心，經常晃來公寓，也留下了一、兩本史特林堡和契訶夫的劇本。今天一早，聽到三木打電話來說戶山原決鬥一事，幸代便和舞女朋友聊說「男人真討厭」，但她也決定去看看究竟，就在正午時分踩著融雪濕滑的路面，步步危艱來到戸山原，正好看到全身只穿一件汗衫的三木朝太郎，遭到助七的怪力襲擊，整個人在半空中轉了一圈。幸代見狀，獨自哈哈大笑。仔細一看，簡直像兩隻小狗在雪地忽上忽下地打滾玩耍，絲毫沒有期待中的決鬥凜冽感，而且兩個男人都不曉得在笑什麼，看得幸代莫名掃興。不久，助七被踢倒在地，躺成大字形，三木慢吞吞地騎到他身上，朝他臉上一陣亂打。隨即傳來助七如杜鵑悲鳴的哀號。幸代聞聲立即躍出樹蔭，小跑步繞到三木背後，扔掉手上的傘，賞了三木一記耳光。

三木回頭一看。

「搞什麼，是妳啊。」三木微微溫柔一笑，起身開始穿衣服又問：「妳愛這個男人嗎？」

幸代猛烈搖頭。

「那就沒必要展現這種感傷的正義感。妳要知道，憐憫與愛情是兩碼子事。理解與愛情也是兩回事。」三木邊說邊打理裝束，重新回到那個有點裝模作樣的歷史的先生。「好，走吧。妳可以照妳的好惡，活得更任性喔。討厭的傢伙，像這種的就別搭理。這種人再怎麼交往，也不可能喜歡上他。」

助七依然仰躺在地，雙手捂臉，發出異樣的呻吟哭泣聲。

幸代緊偎著三木，彷如躲在三木的斗篷大衣裡，走了約五十公尺後，驀然回首，大吃一驚。助七盤腿坐在雪地上，而幸代遺忘的柳繪圖案青色蛇目傘，被拿來當篝火燒，燃著熊熊大火。傘骨燃燒的嗶剝聲，清晰可聞，幸代覺得自己的身體就這樣被火葬了。

本篇　高野幸代的女演員生涯

若將高野幸代比作野玫瑰，八重田數枝則是薊花。數枝出身於大阪的貧困家庭，長女，弟妹很多，經營日式糕點店的年邁父母依然健在。學歷只有小學畢業。十九歲那年，她和常來店裡的批發商糕點師傅玩在一起，後來兩人去了東京。父母也是半默許的態度。那位糕點師傅，二十三歲，到了東京，很快在銀座的麵包店找到了工作，可是薪水很低，無法成家。數枝也同樣在銀座工作，是一間不太高級的酒吧。後來兩人漸行漸遠，加速度地分手了。這位糕點師傅，現在有妻小，而數枝是個平凡的女服務生。人生就是這麼回事。從小父母就教導她，人是靠不住的，此時數枝更深有同感。二十四歲那年，數枝辭掉銀座酒吧工作，改當舞女。因為當舞女賺的錢比較多。這年十一月下旬某日，數枝一早醒來，發現以前在同一間銀座酒吧工作的高野幸代，垂頭喪氣坐在她枕邊。

「我無處可去。」幸代以冰冷的雙手，貼在睡覺的數枝雙頰。

數枝了然於心。

「妳真是淨做些傻事啊。」數枝說著起身，緊緊抱住嬌小的幸代，隨後又若無其事地立刻鬆開。

「配菜呢？妳還是納豆吧？」

幸代連忙拿掉圍巾。

「我去買。數枝想配佃煮吧，我買蝦子佃煮回來給妳吃。」

目送幸代出門後，數枝打開瓦斯爐，放上煮飯鍋，又回去窩在棉被裡。

就這樣，從這天起，幸代的寄居生活開始了。年底、新年，也就這樣平順度過了。一個雨雪交加的夜晚，兩人關燈後，躺在黑漆漆的房裡聊天。

「可是幸代，我覺得妳伯父是好人耶。他叫妳忘掉過去的事，還說每個人背負著深沉創傷，裝作沒事地活著。好好哦，他是個通情達理的人吧。我都愛上他了呢。」數枝語帶睏意地說，靜靜翻了個身。

「妳是叫我回去嗎？」幸代在棉被裡蜷縮得小小的，忐忑反問。

「還好啦。」數枝以老成的語氣說：「話說，那個歷史的真笨啊。怪人一個。不，應該說壞人。他可是犯了誘拐婦女罪，是罪人喔。專作一些不正經的事。先慫恿妳做沒必要的事，然後厚著臉皮，若無其事找到這裡來，還擺出一副恩人的架子，那種裝模作樣的口氣最讓人受不了。我是不知道他到底有多自命不凡，可是看他那眼神就蠢蛋嘛。怎麼看都不像一般人。」

幸代低低竊笑。

數枝忍不住也笑了起來，但依然說：

「不要笑啦。那傢伙真討厭。他就是那種所謂女性的敵人。」

「可是我知道喔。數枝妳打從一開始就喜歡歷史的。」

「妳這傢伙。」

兩個女人抱著肚子笑翻了。

「那是回不去的過去了。」數枝為了掩飾羞赧，故意說得拗口，「看來我們男人運都很差啊。」

「不。」幸代說話時，有時會倏地返回如水般的冷澈語調，即使在大笑之後也不顧周遭氛圍，霎時便能以沉靜的語氣說話。這是她的怪癖。「我不這麼認為。我尊敬男人，無論什麼男人都尊敬。」

聽到這話，數枝尷尬了起來，不由得硬是以沉著的口氣說：

「妳太年輕了才會這麼想。」偏偏話一出口更覺不妙，窘到無地自容，於是閉嘴擺出一張臭臉，接著說：「別說這種傻話。混黑道的和腦殘記者，都不是什麼好東西。兩個都無法讓妳幸福，妳居然說尊敬他們？少在那裡假惺惺了。」

「不是這樣喔。」這回幸代又恢復開玩笑口吻，「我認為想仰賴男人，靠男人給自己帶來幸福，這種想法本身就是錯的。太自私了。男人還被賦予『男人的工作』這種事，而且是一生的事業，非得尊敬不可。這樣懂了嗎？」

數枝滿心不悅，默不吭聲。

幸代得意忘形，加碼說：

「為了女人的幸福去利用男人，這樣太糟蹋男人了。雖然女人很弱，可是男人更弱喔。好不容易站穩了，會想辦法努力下去喔。我覺得男人就是這樣。這時如果有女人，用她沉重的身體偎過來，任何男人都會困惑吧。可憐啊。」

數枝聽不下去，粗聲粗氣地說：

「白虎隊不一樣吧。」數枝曾聽幸代說，她祖父以前是白虎隊的。

「不能這樣比啦。」幸代在黑暗中，極其溫柔地微笑。「我也不是巴御前[5]。叫我拿著長刀奮戰，我可不要。」

「妳很適合喔。」

「不行，我個子小，還沒打就先敗給長刀了。」

哈哈哈，數枝笑了。數枝的心情變好了，幸代也很開心。

「數枝，妳能不能靜靜的，再聽我說一些我的事？當作參考。」

「妳說話幹嘛這麼裝模作樣。一定是被歷史的帶壞了。」數枝心情大好。

「無論是歷史的，或助七，還是其他人，我都喜歡喔。我沒看過壞人。我母親，我父親，大家都是善良的好人。伯父伯母也都很偉大。我在他們面前根本抬不起頭。打從一開始就這樣。只有我一個人是差勁的。這樣天生差勁的孩子，卻受到大家溫柔呵護疼愛，只有我一個人享受幸福，這樣的話我情願死掉。我也想幫上忙呀。什麼都好，我也很想對別人有所幫助，想得要命。讓男人裝扮得富麗堂皇，在他行走的路上鋪上一堆玫瑰花，不，即使是紫堇那種小朵寒酸的花也好，讓他堂堂正正走在上面。而這個男人，絲毫不覺得虧欠我，認為本該如此，氣定神閒地走在花朵路上，逢人便悠然自得地打招呼。男人這樣很氣派吧，非常帥氣迷人。而我只是默默地躲在一旁，不被任何人發現，悄

---

5 巴御前，《平家物語》中登場的女戰士，事跡眾說紛紜，遂成為日本文學作品中的傳奇人物。

悄地對他行禮致意，這樣就心滿意足了。女人最深層的喜悅，大概在這裡吧。我是這麼認為的。」

「不錯嘛。」數枝也側耳傾聽，「值得參考。」

幸代歇口氣又說：

「那是因為男人心腸好。每個男人都是少爺喔。他們不曉得去哪裡聽來的，自以為能讓女人開心的只有金錢和肉體，然後就拚死拚活勉強去做。女人又不忍心毀掉他這種自以為是，就敗給他這種惹人憐愛的拚勁了。女人只是默默地獻上虛榮與肉體，擺出兩張臉來對待他們，男人卻像領悟了什麼，更加自以為是的篤定。這實在有點離譜。其實女人都很尊敬男人，一心只想為男人做點什麼，偏偏男人沒察覺到，只一味地說能不能給妳幸福，裝成有錢人的樣子，然後，——太好笑了，居然自信滿滿，淨做些怪事。女人就只有肉體？這種蠢事到底是誰教男人的？有了愛情，自然想要肉體的話，自自然然地去做就好了。可是男人很奇怪，會突然臉色大變，或演起各種令人不悅的戲，實在有夠蠢的。女人其實沒把肉體看得那麼重要。對不對，數枝，妳也是吧？不管自己賺了多少錢，和男人玩得多開心，其實內心一直是寂寞的吧。我很想跟每個男人說，真的想討女人歡心，真的愛女人的話，即使日常生活小事，也請吩咐她去做。帶著威嚴吩咐她。就算得不到地位名聲，就算無法變成有錢人，男人本身就是氣派尊貴的，只要如實當個男人，當個有自信的男人，女人就會開心得不得了。當彼此有些誤會，男女可能都會抓狂。這是因為心煩氣躁，沒辦法。只要彼此都洞悉到這一點，互相笑一笑言歸於好，是多麼幸福的事。如此一來，世上一定會成為適合居住之地。」

「啊，妳真的很有學問啊。」數枝故意誇張地打哈欠，「那麼，須須木乙彥很棒嘍？」

幸代絲毫不介意她的失禮。

「那個人很奇怪喔。擺出一副像小孩、很奇怪的表情對我說：『我原本以為只有媽媽有乳房。』而且一點都不矯情，絲毫沒有裝模作樣，還說得一臉難為情。那時我心想，這個人一定過著很不幸的生活。霎時覺得很高興，很感激，很心疼，忽然悲從中來就哭了。我想要一生，陪在這個人身旁。那叫做永遠的母親吧。他讓我擁有了這種尊貴美麗的心情，他真的是個好人。我完全不懂他的思想什麼的。可是不懂也沒關係，他讓我有了自信，讓我覺得，我也能幫上別人，我也是能讓人打從心底深處，真正溫暖起來。想到這裡，我想帶著這份喜悅死掉。可是萬萬沒想到，我居然這樣好端端地活了回來，真是醜態啊。活了回來之後，過著這種日復一日的重複生活，這樣真的好嗎？我有時會慌到不知所措，甚至很想大聲吼出來。反正是已經死過一次的人了，怎樣都好，只要能幫得上我就想幫。無論多麼痛苦，多麼難受，我都忍得住。」幸代輕輕抬頭，繼續說：「數枝，妳有在聽嗎？我跟妳說，我覺得歷史的，他不是那麼壞的人。他興致勃勃說要讓我當女演員，我也不曉得他的話有幾分能信。不過數枝，我如果一直賴在妳這裡，妳也會覺得很沉重吧？要是我去當女演員，能讓歷史的在工作上有所斬獲，我覺得當女演員也無所謂。他說只要我有心想做，其他程序他會都幫我搞定。」

「妳就照妳喜歡的去做吧，去當妳的大明星吧。」數枝的心情再度變差，「妳待在這裡，我當然也是有些不爽。有時也會想，這女生一直窩在我這裡，到底有何打算，對妳的厚臉皮實在不敢領教。不過我這個人是這樣，從很久以前就有個好習慣，對於一個人的事，不會想三分鐘以上。因為太麻煩了。不管想得再久，結果也沒有用。怎麼猜也猜不出個所以然，這種事太多了。繼續想下去就太傻了。而且我也有我擔心的事喔，而且很多喲。所以一件事只想三分鐘，不管想不想得出解決辦法，立刻想下一件事。一件事只想三分鐘，接著下一件又想三分鐘，我已經習慣這樣了。依序拉開裝著擔心的抽屜，瞄一眼稍微看一看，立刻砰地關上抽屜，然後睡覺。這對健康很好喔。怎麼樣，我也是很有哲學思惟的吧。」

「謝謝妳，數枝。妳真是個好人。」

數枝難為情地故意轉移話題。

「雨雪交加真討厭啊。」

「是啊。」幸代把想說的話說完了，心無罣礙。「但願明天是個好天氣。」

「嗯，醒來睜開眼睛就看到大晴天，真的會很高興啊。」數枝也不經意地附和，想到清晨的藍天便喜不自勝，只是這樣的事便能滿懷期待地甜睡，覺得自己滿可愛的。然而隨即又想到，就算大晴天對自己也沒什麼，便覺得好笑，拉起棉被往頭上一蓋，溢滿的淚珠竟從眼角滾落。數枝心頭一驚暗忖，哎呀，這是打哈欠的淚水吧？還是在哭呢？不過總之她會當上女演員，我得幫她組個後援會給她打氣。

*

公演非常成功。劇團為「鷗座」，劇場是築地小劇場。節目形態是狂言[6]，劇碼是契訶夫的《三姊妹》。女演員高野幸代，成功飾演了長女奧爾嘉一角。演出日期是昭和六年三月下旬，為期七天。青年高須隆哉，第三天去看了。幕一升起，便看到奧爾嘉、瑪莎、伊琳娜三姊妹站在舞台上，不久奧爾嘉開始獨白。起初聲音很低，聽不太清楚。高須隆哉坐在昏暗觀眾席一隅，努力豎耳傾聽，斷斷續續慢慢聽到了。

——那天真冷啊。因為下雪了。——我實在活不下去，——不過，從那之後也經過一年了，我們也能以輕鬆的心情，回想那時的事了，——（十二點鐘響起。）

聽著舞台上緩緩敲出的時鐘聲，青年忽然坐立不安，連著咂了兩次嘴，嘖！嘖！然後猛地起身走去走廊。

我不喜歡那種女人。我不喜歡那種女人。那傢伙反正是自戀狂。那女人不懂謙虛，以為只要自己想做就什麼都辦得到。為什麼她會離開家鄉，當起女演員？看那個樣子，她早就不把須須木乙彥當一回事了。那不是惡魔，就是白痴。不，說不定女人都是這樣。喜悅、信仰、感謝、苦惱、狂亂、憎惡、愛撫，都只有一剎那，只存在於當下。只要過了一段時期，就變得蠻不在乎，無恥至極。我也曾認為，這是純粹的人性。然而我是科學家，我知悉人類的官能。不過，我絕非肉體萬能論者。屠格涅夫《父與子》的巴扎羅夫太天真了，想用精神或信仰來解決人間萬事。我甚至連聖母懷胎都直接率直地相信，若因

6 狂言，日本一種古典滑稽劇，通常穿插在能劇之間表演。

此，身為科學家的我就此信譽破產也無妨。只要我還是一個純粹的人，真正的人——

諸如此類的念頭開始凝聚後，青年異樣激憤，渾身不住顫抖，大步在寒冷的走廊踱步，彷如自己此刻受到極度屈辱，彷如全世界都在嘲笑自己，滿心倉皇不安，想到要是阿乙還活著就好了，事到如今懷念起已死的須須木乙彥，激憤頓時轉為悲愁斷腸，眼眶差點掛不住淚，就在此時——

「嗨！」拍他肩膀的是助七，「你沒看首日的演出啊？」

——我很了解你的心情喔，瑪莎。飾演奧爾嘉的幸代，話聲帶淚的話語傳到走廊上。

「演得很棒吧。」助七瞇起眼睛，「你沒看首日演出的新聞報導嗎？大獲好評！大獲好評啊！說是天才女演員出現了！啊，不要笑啦，是真的喔。我們報社是拜託梶原剛先生寫劇評，結果你猜如何？連那個老先生都淚流滿面，直誇看了這女演員的詮釋，才首度明白奧爾嘉的苦惱。連那個資深劇評老先生都衷心佩服吶。來來來，再來偷看一下。」助七輕輕將後面的門打開一條細縫，窺看舞台，「真的有種難以言喻的威嚴啊，簡直判若兩人。啊，退場了。」助七啪地關上門，瞄了青年一眼，露出一抹奸笑繼續說：「厲害！演得從容沉著！她會越來越厲害，一定會成為大明星。因為她是個不知害怕的女人啊。」

「你每天都來看？」

面對青年漠無表情的提問，助七似乎有點惱火，一改之前的語調說：

「對啊。我不會隱藏我的難為情，看得興高采烈不是嗎？我和你們不同，我是正直的。我不會違背自己的感情，我很高興，真的很高興。高興到想跳舞呢。公司的事根本不管，隨便敷衍過去，每天都來這裡看演出，聽走廊的劇評談論這齣戲。你儘管輕蔑我吧。」

「你當然很高興嘍。」高須輕輕點頭，依然漠無表情，「畢竟她會越來越出名。」

「嘿嘿嘿。」助七忽然笑容滿面，「你也知道嘛。你這麼說，我無話可說。你沒有忘記吧，我曾拜託你，請你把她變成氣質出眾的高雅女人。你沒忘記吧。真是傷腦筋。不，謝謝你，謝謝你。今後也請多多指教喔。」助七說完，輕輕將耳朵貼在門上，「啊，糟糕，維爾希寧上場了。我實在受不了那個維爾希寧的個性，看了令人背脊發寒，討厭的傢伙。」接著助七摟著高須的肩說：「走，我們到那邊去吧。去後台看看。」邊走又開始碎念，「維爾希寧實在令人作嘔，噁心到害我都把台詞背起來了。」接著刻意清了清嗓子，「——沒錯，會忘記的。這是我們的命運。無可奈何。我們認為是嚴肅、意義深刻、非常重大的事情，隨著歲月流逝就會忘記，或覺得已經不是那麼重大了。——嘖，簡直跟三木朝太郎同一種德行嘛。而我們現在隱忍服從的生活，將來說不定也會變成奇怪、不潔、無知、滑稽，搞不好還會變成罪孽深重。快輪到三木出場了，我真的快吐了。」

「先生，先生。」一位穿水手服的女孩輕聲叫喚。

「先生，高野小姐要我把這個交給你。」女孩拿出一張折得小小的紙條。

「這是什麼啊？」助七大刺刺地伸出右手。

「不是。」皮膚白皙的女孩杏眼圓睜，擺出一副彷如女明星的威嚴，「不是給你的。」

「是我。」高須從一旁強奪般地收下，皺著眉頭打開。那是一張餐巾紙，上面以濃郁鮮明的色鉛筆寫著：

——剛才，我在舞台上，看到你誇張地咂嘴，然後立即往走廊走去。你的態度是最正確的。你的感受方式是最正確的。我非常明白你的心情。我在舞台上清楚得很，完全可以感同身受。我究竟是什麼呢？我簡直像蒟蒻怪物，髒兮兮的，難以拿捏，哭喪著臉。在舞台上，我忐忑不安，無地自容到很想撕碎身上穿的這身藍色戲服，撕得粉碎。我絕非厚顏無恥之輩。我覺得我是一具活屍，只能用這種裝模作樣的字眼來形容。我一點都不洋洋得意。知道這一點的，只有你。請你別打擊我。求求你。請裝作沒看到。我真的是拚了命在做，我非得活下去不可。這是誰教我的呢？不是契訶夫，是你的阿乙，須須木先生教我的。不過，我也希望你能告訴我，告訴我一件事，我錯了嗎？請你告訴我。我是個只求喝甜水活下去的女人嗎？是的話，請輕蔑我吧。啊，我的心已亂成一團。劇團的人在叫我了，我得上台了。十點的時候——

高須臉色蒼白，淺淺一笑，將紙張撕成兩半。
「給我看！這是幽會的邀約嗎？」
「你沒資格看。」高須說得斬釘截鐵，再把紙張撕成四半。「你眷顧的這位演員高野幸代，演技還真好啊。不只在舞台上演，還能跨足到走廊上來。」
「你少在那邊胡說八道！」助七困惑地用雙手抱著後腦勺，「真是令人不爽。那是幸代拚命寫的吧？你就去見她吧。她會很高興。」
助七用力推了高須的背一把。高須有些踉蹌，但感受到背上那股溫暖的人類真情，便也搖搖晃晃，獨自走向劇場後台。這是他有生以來第一次看到後台。

*

一個月前，高野幸代開始和三木同居。幸代留了一封言辭近似錯亂的信：「數枝是好人，我死也不會忘記。不工作的話，我會死。什麼都不能說。海鷗其實是啞鳥。」離開了八重田數枝的住處。來到淀橋的三木家，是當晚八點左右。三木不在家，只有身材矮小肥胖的老母親在。那是一棟房租三十圓，還算新的兩層樓房子。幸代報上姓名後，身材矮小的老母親先古雅頷首應了一聲：「哦。」隨後親切招呼幸代入內：「妳的事我聽朝太郎說過了，他今天好像有什麼會要開，白天就出門了，應該快回來了吧。請進請進。」那是臉上、手背都漾著光澤，氣質高雅的老太太。幸代原先緊繃的心情也緩和了下來，恍如回到自己的家。老母親帶她去一樓客廳。幸代一進客廳便如復活的金魚，脫掉紅外套，向三木老太太致意。

「您是伯母吧。初次見面，請多指教。」

雖然規規矩矩端坐行禮，雙手也確實按壓在榻榻米上，不知為何就是萌生一股撒嬌的心情，最後忍不住噴笑。

老母親並不介意，也是一臉悠哉的笑容回禮。

「妳好。朝太郎承蒙妳照顧了。」

不可思議的甦生場面。

兩人隔著長火缽而坐，老母親美得恍如瀨戶燒的娃娃，小而端正地坐著，略略低眉垂眼，開始說起故事。

「他是我的獨生子，雖然是個像怪物的人，可是我很相信他。他的父親，到了今年開春，算是在七年前過世。那是一段令人自豪又哀傷的往事啊，我老公還健在的時候，在前橋，對，我們的故鄉是群馬縣。我們在前橋開了一間一流中的一流的日式高級餐館，無論大臣、師團長、知事，只要來前橋玩，一定會光臨我們的店。那真是一段美好時光。我也每天幹勁十足，鞠躬盡瘁地在店裡工作。不料我老公五十歲時，染上壞毛病，就是迷上投機買賣。市場要崩盤的話，是很快的。有天早上醒來，忽然身無分文，輸得乾乾淨淨。真的很可笑啊。他覺得臉上無光，沒臉見大家。可是到了這個地步，他還是很愛面子，居然說：『這沒什麼啦，其實我背著你們藏了一座山。我有一座產金的礦山。』像小孩似的，說出這種不著邊際的謊話。男人真辛苦啊，面對長年結縭的老婆，也得這樣打腫臉充胖子，而且認真仔細地跟我們說那座金山的事。因為知道他在說謊，聽著聽著百感交集，覺得很悲慘，很可憐，於心不忍，不由得流下了眼淚。而他似乎也看出我們沒有專心在聽，變得更激動，說得更仔細，連地圖什麼的都搬出來，拚命解釋說明，說得跟真的一樣，最後還說我們一起去那座山吧。我聽了當然困惑。之後他碰到鎮上的人就抓著人家說金山的事，害我丟臉丟得要死，這件事也成為鎮上人們的笑柄。那時朝太郎才剛去東京念大學，我寫信把一切告訴他。朝太郎真的很了不起，他看了信立刻從東京趕回來，裝出一副心花怒放的樣子說：『老爸有那麼一座寶山，為什麼瞞我到現在。既然有這麼好的事，我還待在學校就太蠢了，讓我休學吧。把這個家賣了，我們立刻去那座山察看金礦！』還拉起他父親的手，急著要去的樣子。之後又偷偷把我叫到一旁，訓我一頓：『媽，妳要知道，老爸已經是沒有多少日子的人，不可以讓落魄的人丟臉。』經他這麼一說，我才驚覺到，是啊，確實如此。說來慚愧，雖然是自己的孩子，我都想雙手合十向他膜拜呢。明知是謊言，我們依然搭上火車，轉乘馬車，又走在雪地上，一家三口來到信濃的深山。現在回想起來，真的很辛酸。我們住在信濃深山的溫泉旅館，之後整整一年，不管雨天晴天，那孩子都陪著他父親在山裡走。到了太陽下山回到旅館，他非常專心聽父親說話，那模樣幾乎不像在演戲，父子倆又是商量又是研究，最後彼此打氣說『明天一定沒問題』、『明天一定沒問題』，然後上床睡覺。隔天清晨又往山裡去，被父親拉著在山裡亂走，聽父親說一堆莫須有的事。儘管如此，那孩子依然每一句都深深地點頭，然後筋疲力盡回到旅館。這一切都多虧了有朝太郎。因此父親能在山裡安穩住了一年，每天過著幹勁十足的生活，老婆和小孩也能保有體面，最終不必丟臉地安樂往生。是啊，後來我老公死在信濃的那間山中旅館，臨終前還自豪地說：『我的山很有希望挖出金子。一旦挖出來身價會暴漲二十倍喔。』他的心臟本來就很差。那是個寒風強颼的清晨。真的很悲哀吧。不過，那孩子很爭氣。之後我們母子倆來到東京，吃了很多苦。最辛酸的是，我拿著碗公去買一塊豆腐。然而如今，朝太郎受到大家的眷顧，已經能靠寫作賺錢了。不管朝太郎做出多蠢的事，我都相信他。想到他以前那麼愛護他父親，我真的很感激這孩子，難能可貴啊。所以只要他做的事，無論是什麼，就算殺人，我也還是相信他。他是個用情很深的孩子。真的請妳多多關照。」

老母親說完，輕輕行禮致意，幸代也不由得輕輕回禮。然後兩人緩緩地對望，幾乎同時露出燦笑，接著也哭了，哭得很痛快。

十點，三木喝醉酒回來。上半身穿久留米絣，下半身穿男性裙褲，一副明治維新的書生模樣。動作遲鈍地進到客廳，二話不說便踢飛似地趕走坐在長火缽旁的老母親，自己一屁股坐在那個位子，一邊鬆開裙褲腰帶一邊說：

「妳來幹嘛？」坐著脫掉裙褲扔給老母親，又說：「啊，媽，妳上二樓去。我有事要跟她說。」

兩人獨處後，幸代說：

「你可別太自戀喔，我是來找你談工作的事。」

「妳給我滾！」看來歷史的在家裡時，顯得憂鬱又粗暴。

「你心情不好啊。」但幸代不在乎，平靜以對。「我可是剛從數枝那裡逃來這裡喔。」

「這可稀奇了。」三木冷淡地說，大口喝起粗茶。

「我要工作。」此話一出，淚珠竟滾了下來，幸代自己都大感意外，就這樣哭了起來。

「我對妳已經死心了。」三木擺出由衷厭惡的表情，皺起眉頭，「妳有一種令人吃不消的厚顏無恥。妳會不會太過耽溺於妳自身的苦惱了？看來我是太瞧得起妳了。妳的痛，只不過像一根針刺在手心，雖然也很痛，可能痛到要跳起來。不過，這樣就哇哇大叫，大吵大鬧，人家是會笑的。剛開始可能覺得蠻可愛的，久了人家就完全不理妳了。現在誰有那個閒工夫，一天到晚去哄疼那種人？很悲哀的，沒有半個人。我很清楚妳的心思喔。妳那麼點心思，我怎麼可能看不透。我是微不足道的人，可是我盡了全力，給了妳生命。是啊，妳不相信嗎？沒錯吧？反正就是這麼回事。不過妳要知道，所謂的真實，如果只是想在心裡，不管想得多深，不管有多麼堅定的念頭，只是想的話，都是只是虛偽，只是作假。不管是多麼真心的愛情，真到願意掏心掏肺出來給人看，但若只是默默地放在心裡，這只是傲慢，是狂妄，是自我陶醉。真實是行為，愛情也是行為。沒有表現出來的真實，不是真實。愛情還放在心裡，還沒說出來以前，結果都只是修辭罷了。若被對方責怪『你不說我怎麼會懂』也是咎由自取。真理不是去感受的。真理是要表現出來的，是要花時間下工夫，去創造出來的。愛情也一樣。若能忍住自己的裝傻與虛無，向對方獻上問候，這裡面一定有愛情在。愛是最高的服務，絲毫不能用來當自我滿足。」三木停歇片刻，又咕嚕咕嚕地大口喝茶，「妳過去這段時間，到底在做什麼？稍微想一想。說不出來吧。妳應該說不出來。因為妳什麼也沒做。我以前對妳還有一點信任，妳想逃出山中旅館時，我雖然一時衝動也幫了妳的忙吧。因為我認為妳有確實的目標，有難以制止的渴望，再加上聰明具體的計畫，才到東京來的。結果如何？妳居然去投靠八重田數枝，閒閒無事賴在那裡。八重田數枝是個心地善良的人，所以沒多說什麼，就這樣照顧懶散的妳，但其實我認為，她一定覺得很困擾。如果妳那樣算是很拚了，八重田數枝為了讓自己活下去，也是竭盡全力才活到今天。妳多少也重視一下別人的軟弱。妳的自以為是，太恐怖了。我為了妳也不知道受了多少恥辱。妳害我跟那種噁心的記者打架，自己卻默默在一旁看熱鬧。那種傢伙我根本連跟他說話都不屑。我是自尊心很強的男人。無論多麼了不起的前輩，若直呼我的名諱，我都會反感。我在工作上的表現不容他們直呼我的名諱。這樣的我居然落得和那種傢伙決鬥，妳知道我事後感到多羞恥，多痛苦嗎？妳不知道。我可是有生以來，第一次做那種難堪的蠢事。妳到底把我當什麼？在八重田數枝那裡待不下去，就跑來我家？還神氣地叫我別自戀，說是來談工作的？這要是平常的我，早就甩妳兩、三個巴掌了！」三木激憤得臉色發白。

「你不甩我巴掌嗎？」

「別說這種剛睡醒的話。」三木苦笑，緩緩吐出一口煙，「妳給我滾。我想說的話說完了。往後我會對妳敬而遠之。妳自己好好想想吧。走吧。在路上迷路也不關我的事。」

幸代忸忸怩怩地說：

「路上很冷，我不要。」

三木差點噴笑。

「逗我笑也沒有用。」但話一出口就意識到自己徹底輸了。

「幸代，妳要待在這裡嗎？」

「我要。」

「妳要當女演員嗎？」

「我要。」

「妳會讀書學習嗎？」

「我會。」

幸代偎入三木懷裡，輕聲回答。

「笨女人。」三木推開她的身子問：「剛才妳跟我媽聊了什麼？」三木又變回一如往常溫柔的歷史的。

「我很喜歡你母親喔。」幸代撥撥頭髮說：「以後我會好好孝順她。」

就這樣，幸代和三木開始同居。三木在劇壇擁有奇妙的勢力，背後也有元老鶴屋北水的強力支持，那種特異的作風，使得劇壇的人抱著近乎敬遠的畏懼之情看待。幸代的職場也立刻就敲定了，是鷗座。這裡的首席指導是尾沼榮藏，道地的名門貴族。演員也是一流演員來競相演出，劇本大膽採用外國經典名劇，此外也啟用日本無名作家的劇本，每月一次舉行為期一週的公演，確實提高了日本文化。在元老鶴屋北水的推薦下，與三木朝太郎的多方奔走，幸代突然就擔綱演大角色，亦即《三姊妹》的長女奧爾嘉。擔綱這個角色時，三木對幸代說：「聽好了，奧爾嘉這個角色要壓抑內心的感傷，壓抑再壓抑，一直壓抑到最後落幕時，才一口氣哽咽起來。妳只要記住這點就行了，剩下就照尾沼的指導去做，他是很厲害的人。還有，千萬別礙到別的演員。知道吧。」三木也只說了這些，其他什麼都沒教幸代。因為三木也有自己的工作要做。他關在二樓的六疊房間寫稿，經常寫沒幾行就把稿紙揉成一團扔向牆壁，然後躺著抽菸，不久又起身勤奮地寫，每天都寫到很晚，幾乎沒什麼睡，宛如在寫什麼鉅作似的。而幸代也沒閒著，每天去尾沼榮藏的沙龍勤練演技，練到喉嚨都發出奇怪的咳嗽聲，豐潤的臉頰也日漸削瘦，勞心勞力地在排練。

公演首日逼近時，三木偷偷去尾沼榮藏那裡，問幸代的排練情況。回來之後，他跟幸代說：「尾沼說妳演得很不錯喔，其他演員演得很爛。這次的公演，妳一定會得到很好的評價。不過他也說了，那不是因為妳演技好，是因為日本的演員落後太多。所以妳要知道，並非妳有多優秀，所以絕對不能把人們讚辭當真。」三木以訓斥的語氣提醒幸代，儘管如此，這晚他還是難得的和老母親與幸代，在客廳喝了很多酒。

公演首日非常成功。第二天，高野幸代很快就成為知名女演員。第三天卻挫敗了，因為青年高須隆哉的不屑咂嘴，給高野幸代的完美演技帶來小小的，但卻是很深的挫折。

高須隆哉來到後台時，剛好第一幕結束。幸代坐在後台裡，被大批人群包圍著，正張口哈哈大笑。整個房間籠罩在香菸的煙霧裡，只要有人說句話，一群人便此起彼落放聲大笑，氣氛相當和樂。高須佇立在入口處。

幸代並沒有發現高須來了，依然沉浸在剛下舞台的興奮裡，望著天花板，發出神經質的高亢笑聲，樂得不可開支。

「這位先生，過來一下。」

忽然有人在他耳畔低語，恍如一隻巨大的黑鳳蝶，啪地覆蓋了高須全身，迅速將他擄走，默不吭聲押到走廊角落。

「啊，不好意思。」是個身材纖細的女人，一雙大眼，鼻梁頗長，神情寂寥，和那一身黑禮服很搭。「我不想讓你和幸代見面。因為她太在意你了。難得現在好評連連，所以拜託你，放過她吧。她現在非常拚命喔，很痛苦喔。我知道得很清楚。怎麼，你不知道我是誰啊？」女人忽然臉紅，「抱歉。你是高須先生吧，沒錯吧？我第一眼看到你就反應過來了。雖然是首次見面，我一眼就知道是你。你是須須木乙彥的親戚，對吧？我什麼都知道喔。」這名女子是數枝。公演開始以來，這兩、三天她總是心神不寧，她今天沒去舞廳上班，特地來後台看看。

*

這天晚上，看到熟面孔，總會大吃一驚吧。須須木乙彥還活著，活著在喝威士忌。去年晚秋，須須木乙彥忽然來到這間銀座酒吧，坐在現在的同一張沙發，和當時十九歲的幸代在聊下雨的事。此刻，高須隆哉以同樣的姿勢，身體稍稍前傾，沙發坐得很深，和八重田數枝邊喝邊悄聲交談。沙發旁，一如往昔擺著一盆植栽八角金盤，葉子開得很開，當初乙彥無心以指甲扣出的爪痕，依然殘留在葉片上。室內朦朧的光線也被八角金盤遮住了，高須的臉彷彿照著新月微光，幽暗地輪廓分明，眼睛下方與雙頰都有黯黑陰影，臉頰削瘦，看起來老得十分可怕。數枝在交談中也時而窺視高須的臉，這時就真的判若兩人了。儘管知道他不是乙彥，數枝還是覺得很不舒服，因為實在長得太像了。那天晚上，數枝也曾和乙彥喝酒，所以知道。乙彥的皮膚粗糙，臉型感覺有些畸形，絕非高須這種美男子。不過在這昏暗的酒吧裡，乍看還是頗像。數枝深深覺得，血緣關係實在令人厭惡又毛骨悚然。

高須還沒察覺到，數枝硬將他拉出劇場並沒有惡意，只是鬧著玩的臨時起義，將他帶來這裡。而高須也完全不知道，這間昏暗的酒吧是乙彥和幸代奇妙的邂逅之地，自己現在坐的灰色沙發，是當初乙彥被逼到窮途末路之際，在天地間最後找到的，如鳥巢、狐穴，能夠歇息一晚的椅子。

高須微醺靜靜地說：

「讓她回去就好了。不可以讓她當演員，做那麼花枝招展的事。一定要讓她回故鄉不可。」

「可是——」數枝欲言又止，「不，我可不是喝醉酒無理取鬧喔。對不起哦。可是——，為什麼男人只要碰到女人的事，就莫名地把責任搬出來？為什麼那麼愛說教，說的又都是老掉牙的道理？你知道幸代這段日子是怎麼苦過來的？怎麼熬過困境的？幸代已經是大人了喔，不是小孩。放著別管不要緊的。剛開始我也很氣她，居然想當什麼女演員，不知天高地厚。那時我也和你一樣，認為她回故鄉是最保險的。但是，我錯了。因為幸代回鄉的話，只是稱了我們的心，她可是一點都不幸福。你也是一樣喔，你有你的狡猾之處，帶著小心眼的心態，只顧自己的利益。是你自己要覺得有責任感，在那邊惱火苦悶，然後就把這個責任推給遠方的人，擺出事不關己的模樣，你就是這種居心。我說得沒錯吧。」數枝嘴上這麼說，其實也有些怯懦，不禁悄悄握起高須的手，察言觀色一番，「對不起哦，我說得太過分了。」隨即猛灌威士忌，接著又說：「不過，現在叫她回鄉下也太殘酷了。你居然說得出這麼狠心的話，叫她一定非得回故鄉不可。你知道她去年做了什麼事吧，也知道她是怎麼被嘲笑的吧。東京的生活非常忙碌，她已經能擺出忘記那件事的樣子，可是鄉下就很麻煩了。如果回去鄉下，她一定會被軟禁起來，一生成為全村的笑柄。鄉下人吶，就算三代前的雞被偷，也絕對牢記在心，長年彼此怨恨。」

「不是這樣。」高須沉著地否定，「所謂故鄉，不是這樣的。血親也不是這樣的。我知道失去故鄉的人的悲哀。阿乙沒有故鄉。我想妳也知道吧，阿乙是我伯父的妾室生的，從小和生母一起輾轉流離，吃了很多苦。我知道他一直努力想做出一番作為，給拋棄他的父親看。他可是個出類拔萃的秀才，非常聰穎優秀，也很會念書，努力想闖出一片天地，甚至想名留千古。不過，就在他彈盡糧絕山窮水盡，企圖尋死的前一天，居然把我叫去跟我說，要我好好孝順父母，還要我凡事隱忍再隱忍，謹慎以對活下去。我當時以為他在開玩笑，不過到了最近，我稍微可以理解了。」

「不，不是這樣。」數枝也不肯讓步，醉醺和激動染紅了雙頰，「你這樣就好無所謂，你生在很好的家庭，衣食無缺地順利長大，書也念得很好，你的父母也都健在吧。就算不是須須木乙彥，誰都會希望你好好孝順父母，顧好那個家。可是我們和你不同，我們沒有這麼好命。我們每天都要為三餐發愁，擔心債主上門討債，以斜眼看正確的事，知道要那麼做才對，卻無可奈何被洪流推著走，不知不覺中，世人已經為我們烙上難堪的印記。幸代的情況更慘，她可是曾經在社會上喪失立足之地，被當作垃圾喔。孝順這種了不起的事，對她來說根本是辦不到的了。就算她想，社會也不允許。恢復名譽，這句話很奇怪？這是一句悲哀的話啊。可是我們，曾經犯錯的犯人們，多麼憧憬這句話。為了能恢復名譽，我們連命都可以不要，什麼都願意做。」數枝忽然壓低聲音：「幸代真的很可憐，她現在拚了命在奮鬥。我清楚得很。你就稍微幫她偉大起來嘛。」

「慢著。」青年就在等這句話，慢條斯理點燃一支菸繼續說：「妳剛才說，要我幫她偉大起來。這是錯的，就像聽寫的錯誤一樣，完全錯誤。人是無法讓別人偉大的。現在這個社會很嚴峻，想要一夕恢復名譽，萬人喝采，這種人是無智的浪漫主義者，過時的夢想。即使須須木乙彥那麼厲害的人也辦不到，結果走向死路。現在的人，只要能不給別人添麻煩，確實控制自己，光是這樣就是大事業了。只要能做到這一點，就是新英雄，了不起的人物。真正的自信，是自己對社會有了明確的責任感，才會萌生的吧。首先要讓自己，和自己周遭的人不會不安，努力成為自己小小故鄉、自己貧困親屬的堅實一員，若不如此，無論多麼卑微的野心，現實也絕不會讓它實現。我敢跟妳打賭，高野幸代一定會失敗。照這樣下去，她一定會被踢落谷底。這是顯得易見的事。這個社會是很嚴峻的，沒那麼好混。這個社會的苛烈，每天都讓我刻骨銘心，絲毫不容許打混。彼此都瞪大眼睛在監視對方。真的很討厭，可是討厭也無可奈何。」

「輸了喔！你輸了喔！」數枝放聲尖叫，咬字有些不清，然後搖晃身子，捂起耳朵，「啊！我不想聽，我不要聽！居然連你都說這種無情的話。太狡猾了，太狡猾了，沒骨氣，懦弱，嘴硬不服輸。我真是受夠大道理了。其實大家都很體貼，很願意幫助幸代。唯有你們冷酷無情。把她踢落谷底的，就是你們這種人。只有輸了還撒謊裝模作樣的男人，會嘲笑別人難得的努力，還把人家踢落谷底。你這個人太糟糕了。今後絕對不准你碰幸代，一根手指都不准碰。好啦，我亂說的。其實我是很務實的人。我明白你說的話，我都懂。不過懂歸懂，我還是想要有點夢想。我想要有夢想。不要笑。我們永遠都站不起來，只會往壞的方向發展而去。我清楚得很。啊，不行，要下定決心才行吧。好想乾脆死一死算了。不過，唯有幸代是不同的，我想讓她出人頭地，讓她偉大起來。她既聰明又可愛，令人心疼不已。你知道嗎？幸代現在是那個劇作家的妾室唷。她想往上爬，繼續往上爬，希望可以不用當人家的妾室——」

青年忿忿地站了起來。

「是誰？那個人是誰？帶我去見他。」說完立刻結帳，一手強拉爛醉的數枝，「站起來！我就知道八成是這麼回事。真是了不起的出人頭地啊。走！帶我去那個男人那裡！絕對不能讓幸代做這種事。」

攔了計程車，往淀橋去。

在車上，高須說：

「笨蛋！太蠢了！太蠢了！大笨蛋！我要向妳道謝，謝謝妳告訴我這件事。」數枝有股不祥的預感，但因爛醉也逐漸神智不清。高須繼續說：「我愛幸代。我愛她，我愛她，我愛她。我比誰都深深愛著她。我從未忘記過她。她有多痛苦，我最清楚。我什麼都知道。她是個好人，絕對不能讓她腐敗。太蠢了，太蠢了，居然去當別人的妾室。笨蛋！去死吧！我一定要殺了他！」

（未完）

八十八夜[1]

辭職吧，我的心，睡得像野獸的睡眠。——波特萊爾

1 八十八夜，自立春算起的第八十八天，也是春天轉為夏天，為入夏做準備的日子，通常指吉日。

笠井一是位作家，很窮。最近很努力寫通俗小說，不過怎麼樣都富裕不起來，日子過得很清苦。就這樣拚命掙扎之際，竟然痴呆了。現在什麼都不知道了。不，說笠井一什麼都不知道，有點言過其實，至少他知道一件事。那就是一寸前方是黑暗。只知道這件事，其他完全不知道。一回神，宛如墜入五里霧中，究竟是在山裡？原野？街頭？毫無頭緒，連這個都不知道。只感受到周遭瀰漫著陰森殺氣，儘管如此，也只能向前走。由於只看得見一寸前方，大意不得，必須小心謹慎慢慢走。以粗暴的動作，拚命趕走恐懼，才勉強又走了一寸，但依然不知身處何處。四周沒有任何聲音。笠井就處於這種無限寂靜，純然的黑暗裡。

然而非得前進不可。即使一無所知，也要動身，即便一寸、五分，也要持續前進。若只是低著頭、雙手交叉抱胸，茫然佇立原地，瞬間被懷疑和倦怠攏上身的話，立刻就會遭鐵鎚敲頭，周圍的殺氣也會一湧而上，自己的身體轉眼間就會變成蜂窩吧。笠井不得不這麼想。因此他小心翼翼，在漆黑中，繃緊神經，一寸寸緩慢前進，走得汗流浹背。就這樣十天，三個月，一年，兩年，活在黑暗裡，在黑暗中摸索前進。非得前進不可，不想死就得前進。這真的很荒謬，笠井後來也受不了了。若說四面八方都被堵住，也不是實情。畢竟能夠前進，也能活著。即使在漆黑裡，也能看到一寸前方，能夠前進一寸。並不危險。只要能一寸寸前進之際，大概就錯不了。可是這依然如故，無邊無際的黑暗風景，不知怎麼回事，就是絕對沒有絲毫變化。光亮當然是沒有的，但連暴風雨也沒有。笠井在這黑暗中，不斷摸索再摸索，一寸寸地猶如毛毛蟲前進之際，靜靜地意識到瘋狂。這可不行，這該不會是前往斷頭台的單行道吧？再這樣持續前進，會不會不知不覺走到自滅的悲戚之谷？笠井猛地想放聲尖叫「啊！」偏偏很悲哀的，在卑屈裡活太久，已經忘記自己的語言，叫聲也出不來了。心想逃跑吧，即使被殺也無妨，人為何非得活下去。他倏地想起這種單純的命題。現在，在這黑暗中一寸寸行走，實在筋疲力盡，等到五月初，手頭有錢了，就外出旅行。這個逃脫，如果是錯的，就殺了我吧。就算被殺，我也會面帶微笑吧。若在此斬斷忍從的鎖鏈，因而落入悲慘地獄，我也不會後悔吧。我已忍無可忍。我無法再讓自己如此卑屈。我要自由！

就這樣，笠井踏上了旅程。

為什麼選信州呢？因為他不知道其他地方。信州有一個人，伊豆湯河原也有一個人，都是笠井認識的女人。雖說認識，但沒上床。笠井只知道她們的名字，兩人都是旅館的服務生。而且信州那個人，和伊豆那個人，都是恭謹穩重、心思細膩、善於察言觀色之人，對不善言辭的笠井是不可多得的。湯河原，已經三年沒去了。不曉得那個人現在是否還在旅館工作。要是她不在，去了也沒用。至於信州的上諏訪溫泉旅館，去年秋天為了整理爛稿子也去住了五、六天。那個人應該還在那間旅館工作吧。

想做荒唐的事。想豁出去做荒唐的事。我現在應該還殘留著浪漫情懷。笠井今年三十五歲，但頭髮已逐漸稀薄，牙齒也有脫落的，怎麼看都像年逾四十的人。為了妻小，也為了些許俗世虛榮，即便一無所知，依然繼續拚命寫作，賺取稿費過日子，不知不覺竟痴呆了。同行的作家都說笠井是品行端正的紳士。事實上，笠井也是個好丈夫，好父親。天生的怯懦與過強的責任感，使他固守身為人夫的節操。此外不善言辭和行動極緩，也讓他放棄逃出這個困境。

然而此刻，這條毛毛蟲終於厭倦至極爆發了，做出外出旅行這種荒唐決定。希望能尋得光亮。

笠井買了到下諏訪的車票。離家後毫不左顧右盼，直奔上諏訪那間旅館。但他不願以邊跑邊大聲嚷嚷「那個人在嗎？那個人在嗎？」的形式去上諏訪，因此故意只買到下諏訪的車票。笠井還沒去過下諏訪。他心想，先在這裡下車也不錯，在這裡住一晚，雖然有些迂迴曲折，再前往上諏訪那間旅館。儘管是刻意的裝模作樣，也是一種含羞。

搭上火車後，一路上原野農田的綠意，使他感受到過熟香蕉的酸甜。一整片春之熟爛顯得骯髒，氾濫著黏糊融化的綠藻。這個季節，整體上總有種黏答的嗆人體臭。

坐在火車裡的笠井，悲傷得有些詭異，忽然說出：「我是有救的。」既非悲慘也非開玩笑，暗自低喃般說出這句誇張的話。他懷裡有五十多圓。

「安德烈亞．德爾．薩託的……」

突然有人大聲說話。笠井回頭一看，只見兩個穿登山服的青年，和三個相同裝束的少女。剛才大聲說話的青年是這票人的老大，戴著貝雷帽，是個美男子。曬得有點黑，打扮時髦，卻顯得沒品。

安德烈亞・德爾・薩託。笠井在心裡複誦這個名字，心跳加速，卻什麼也想不起來。忘記了。只隱約覺得，以前曾圍繞著這個名字，和朋友談論了一晚，感覺像很遠以前的事，也只記得那是有問題的人。但現在什麼都想不起來了。記憶遲遲無法恢復，真的很慘。居然能如此忘得一乾二淨，著實令人傻眼。安德烈亞・德爾・薩託。想不起來。他是個怎樣的人呢？不知道。笠井以前確實寫過這個人的隨筆。但他忘了，想不起來了。羅伯特・勃朗寧。——繆塞。——努力尋著記憶藤蔓追溯，希望能找到這個人的肖像，得到「啊，對哦，是這個人」的結果，但幾經折騰依舊徒勞無功。這個人，是什麼國家的人，是什麼時候的人，這種事現在想不起來無所謂，但笠井想再度抓住，不知多久以前，對這個人萌生的共鳴。現在只想真切擁有這種感受。儘管如此，也徒勞無功。浦島太郎回神時，已是白髮老人。遙遠。無法再與安德烈亞・德爾・薩託相見了。已遠如地平線的彼方，雲煙模糊。

「亨利．貝克的……」背後的青年又開始說。笠井聽了再度雙頰泛紅，真的不知道是誰。亨利．貝克，究竟是誰？笠井覺得自己好像也說過這個名字，也寫過這個人，偏偏就是想不起來。博多．里煦？保羅．傑拉德？不對，不對。亨利．貝克……究竟是怎樣的男人？是小說家嗎？畫家？維拉斯奎茲？不對。話說，維拉斯奎茲又是誰？怎麼突然冒出來？有這個人嗎？是畫家。真的嗎？笠井越來越心慌。亨利．貝克究竟是誰？不知道。不是伊利亞．愛倫堡嗎？別開玩笑了。阿列克謝耶夫？不是俄國人喔，太離譜了。奈瓦爾？凱勒？史篤姆？到底在胡說什麼。啊，對了，杜爾菲。不對，杜爾菲是誰？

完全一頭霧水，亂七八糟，八花九裂。一堆名字，毫無關連地陸續浮現，在腦海裡亂竄一通，笠井無法鮮明地想出這堆名字的具體印象，現在喧囂的不只安德烈亞．德爾．薩託和亨利．貝克。笠井真的茫然了。試著念出以前老師的名字，可是每個都無嗅無味沒有色彩，只是好像聽過的名字，也不知道是誰，只是呆然地反覆念著。笠井不禁自問，這兩、三年來，究竟在做什麼？究竟是怎麼活過來的？但這一點他是明白的，因為他光為了活下去就筋疲力盡。

生活上的事，多少還記得一些。每天努力做的事，完全像在努力把彎掉的鐵釘扳直。畢竟鐵釘是很小的東西，沒什麼使力之處，何況是彎掉的鐵釘，想扳直它需要很強的壓力。因此看在旁人眼裡，毫無帥氣可言，只是漲紅了臉在憋氣使力。就這樣，笠井不斷寫一些爛小說，完全將文學拋在腦後。痴呆了。時而只會偷偷讀點契訶夫。當這根彎曲的鐵釘，一點點，一點點，逐漸變直，債務也還得差不多時，笠井哭喪著臉拋棄至今不斷的勤奮努力，大吼一聲：「我不管了！」發瘋似地奔出家門，賭命外出旅行。笠井是個廢人，沒出息的男人。

「哇！是八岳山！是八岳山！」

後面那一票人又大聲嚷嚷。

「好壯觀哦。」

「好威嚴哦。」

這一票青年與少女，紛紛讚賞駒岳山的雄偉。

那不是八岳山，是駒岳山。笠井稍微得救了。儘管不知道亨利．貝克是誰，想不起安德烈亞．德爾．薩託是何方神聖，但他知道眼前這座山頂端蓋著銀色的三角形山岳，此刻在夕陽照拂下閃現出玫瑰色光芒的山岳，叫什麼名字。那是駒岳山，絕非八岳山。縱使是無聊愚蠢的自豪，笠井依舊感到些許優越感而鬆了一口氣。此時笠井心想，我來告訴他們吧，順而稍稍起身，卻又覺得不妥而作罷。說不定，那票人是雜誌社或報社相關的人。以他們的談話內容聽來，並非對文學漠不關心之輩。或許是劇團方面的人，也說不定是高級讀者。無論如何，可能是知道笠井名字的人。若蠻不在乎地走過去，可能會被認為是去自我推銷，一定會遭到輕視，這就太不是滋味了。必須謹言慎行。笠井想到這裡，嘆了一口氣，又抬頭望向車窗外的駒岳山，偏偏還是心有不甘，便在心裡吵架般碎念起來：「嘖，活該啦。敢狂妄地談什麼亨利・貝克、安德烈亞・德爾・薩託，結果看到駒岳山，居然說是八岳山，還說什麼很莊嚴。笑死人了。這是駒岳山，別名甲斐駒，海拔兩千九百六十六公尺。你們也太離譜了！」接著又反思：「是說我這樣也太難看了，俗氣又寒酸，絲毫沒有文學性的高尚。」笠井不禁苦笑。其實在五、六年前，笠井還是個新銳作家，受到兩、三位前輩的支持，讀者也給予喝采，認為笠井是叛逆的前衛作家。可是現在完全不行了。笠井對於那種冒險前衛的作風，總感到難為情，後來就不寫了，完全提不起勁。取而代之的是不斷寫一些昧著良心，只限於當下臨時想到的，淨是在湊字數的東西。藝術上的良心，到頭來，只是虛榮的別名。膚淺，冷漠，殘酷，自私自利。然而為了生活的工作，裡面有一份愛情。一種陋巷、儉樸、眷戀的愛情。笠井低喃著這個藉口，發表了一堆閉著眼睛亂寫的粗糙胡扯作品。這是對生活的殉情。不過最近有個低語，悄悄溜進他的耳朵：「不，並非如此喔。你根本只是低劣了。太狡猾了。」這時笠井才心頭一驚，慢慢想起藝術的尊嚴，自我的忠誠，這種殘酷話語逐漸浮現心頭。這究竟怎麼回事？其實一句就能說明吧。最近，笠井連寫通俗作品都束手無策了。

火車開始爬山了，速度變得很慢。慢得讓人想乾脆下車走路比較快。真的慢到不行。八岳山的全貌，出現在列車北方，八座連峰清晰可見。笠井雙眼發亮，看得出神。果然是好山。日落時刻將近，山巒沐浴在夕陽餘暉裡，看起來有點亮，山巒的線條起伏也流暢優雅，相較於對人生溫柔，也似乎渺無人煙的秀拔富士山，更勝數倍。笠井不禁心想，二千八百九十九公尺。近來，笠井對山的高度、都會的人口、鯛魚的價錢格外在意，且記得很清楚。以前他極端輕蔑這種調查記錄與生硬的數字，甚至將花名、鳥名、樹名都視為俗事，漠不關心，根本不當一回事，亦即所謂的柏拉圖式，遠離俗事，只悄悄愛著自己的樣貌，甚至覺得這樣很高尚，一味沉浸在甜美的自豪裡，然而最近完全變了調。用餐時會問妻子，餐桌上的魚多少錢；報紙的政治版，從頭看到尾；打開中國地圖也會仔細研究，獨自頷首思量。此外也在院子種植番茄，玩賞牽牛花，閒暇時還會翻閱百花譜、動物圖鑑、日本地理、風俗大系等書，更會毫無意義地查閱日本名勝古蹟，露出一臉得意神情。不再放蕩，也沒勇氣。這無疑是衰老之姿吧。無異於退休隱居的老人。

而此刻，笠井也只是陶醉地眺望八岳山的威容讚嘆：「啊，真是好山吶。」弓著背，凸起下巴，哀愁般地蹙眉，看得入迷。一副可悲的姿態。猶如對著眼前平庸的風景，深深地祈禱：「請保佑我。」像螃蟹似的。四、五年前，笠井絕非這種人。那時面對所有的自然風景，他都會以理智阻絕，或加以取捨，絕不會讓自己耽溺其中。無論對所謂「既成概念」的情緒，或玫瑰，或紫堇，或蟲鳴，或風，也只是淺淺一笑敬而遠之，簡直像在說「我是人，只要聽到人間事，不會有善惡之分，也不會認為事不關己，總是不禁滿心雀躍」，真的就是完全以人心深處為對象，即便是鈍刀也勇猛奮戰。然而現在，完全不行了，呆然了。

——沒有比山更重要的……

一種大時代的愚蠢感慨湧上心頭，笠井眼眶噙淚，感到相當不堪。就這樣張嘴望著八岳山之際，終於也察覺到自己的狼狽樣，暗自苦笑。笠井搔搔後腦勺心想，真是何等醜態，想一口氣將平日的鬱悶拋到九霄雲外，想做點壞事，渴望強烈的浪漫，即使痛苦掙扎，也外出追求憧憬了，但不該是來看山的吧。委實荒謬至極，離譜的浪漫。

此時後面傳來喧囂聲，那票青少年男女紛紛起身準備下車。當他們在富士見站下車後，笠井鬆了一口氣，終於無須再裝模作樣。儘管他不是那麼出名的作家，也總覺得有人在看他，在某處看著他。每當進入人群裡，連抽菸的方式都會些許改變。尤其當身旁的人群，多少有喜歡小說的人，明明沒人在注意他，他也會裝模作樣地歪著脖子，歪得都快凝固了。以前更慘，太過裝模作樣，甚至發生窒息、暈眩等狀況。真是不堪到令人同情。笠井原本就是膽怯軟弱之人，說不定患有精神衰弱症。後面那票安德烈亞．德爾．薩託下車後，笠井如卸下心中大石，脫掉木屐，伸長雙腳，放在對面的座位上，從懷裡掏出一本書。說來奇妙，笠井明明是文人，卻很少讀文學書。以前並非如此，這兩、三年不讀文學書，有難以原諒的部分，因為他竟去讀落語全集，甚至偷看妻子的婦女雜誌。剛才，他從懷裡取出的書是，拉羅什福柯[2]的箴言集，算是還好。畢竟笠井也明白，在旅途上還是別看落語，帶高級一點的書比較好。這很像女學生壓根兒不懂法文，卻硬要捧著法文詩集走在路上。真是可悲的虛榮。就在啪啦啪啦翻頁之際，笠井忽然看到一句：「你若無法在自己心裡得到安靜，去別處找也只是徒勞。」心情盪到谷底，猶如占到一支下下籤，暗示著這次旅行也許會失敗。

2 弗朗索瓦．德．拉羅什福柯（François VI, duc de La Rochefoucauld，一六一三—一六八〇），法國思想家，也是家世顯赫的巴黎貴族，著有《偽善是邪惡向美德的致敬：人性箴言》。

列車駛近上諏訪時，天色已然昏暗，不久南方出現一座湖，湖面恍如古鏡滄茫冷白，像是結冰剛溶解般，泛著鈍光寒氣逼人，湖邊的乾枯草叢黑壓壓地直立不動，整片風景顯得荒涼悲慘。這是諏訪湖。笠井記得去年秋天造訪時，感覺還稍微明亮些，難道信州的春天不宜來訪嗎？霎時不安湧上心頭。列車抵達下諏訪，笠井腳步沉重地下車，出了車站剪票口，雙手揣在懷裡，往市區走去。車站外站了七、八個旅館掌櫃，就是沒人想叫住他。這也難怪。因為他沒戴帽子，又穿普通的木棉和服，再加上那雙寒酸的木屐，更且沒有任何行李。這樣的人，絕非打算花大錢住一晚的旅客。或許看起來更像當地人吧。笠井也不禁感到些許落寞，可是連雨都滴滴答答地下了，只好趕忙奔向市區。不過說到下諏訪這個小鎮，真是陰慘低劣到難以言喻，是個適合頸部戴著鈴鐺的馱馬，鈴鈴響左搖右晃行走之地。鎮上的街道窄小，家家戶戶的屋簷都是黑色，堅實低矮，家中的電燈都暗淡，有的還點煤油燈或紙燈籠。寒冷徹骨，路上隨處可見大石頭，馬糞遍地。時而有煙煤燻汙的舊型巴士，晃著笨重的車體經過。木曾路，原來如此。絲毫沒有溫泉鄉的溫暖。無論怎麼走都是同樣的荒涼。笠井嘆了一口氣，佇立在路中間。雨越下越大，笠井也越來越慌，無依無靠得想哭，終於下定決心離開這個小鎮，在雨中折返車站，攔了計程車，幾乎是話聲帶淚地拜託司機盡速前往上諏訪的瀧屋。坐進計程車後忐忑不安，擔心這次旅行會失敗，說不定是徹底失敗，甚至感到後悔。

那個人還在嗎？計程車沿著諏訪湖邊行駛而去。黑暗中的湖水，猶如鉛般凝然不動，讓人覺得所有的魚都死滅了，並不住在這裡。笠井刻意挪開視線，努力不看湖水，偏偏荒涼悲慘的景色硬是進入他的視野。那心情像是要割斷咽喉，又像一把手槍硬塞進口中，無論走到哪裡都沒救。那個人還在嗎？那個人還在嗎？母親病危時，趕去看她，大概就是這種心情吧。笠井不禁暗忖：「我太駑鈍了。我太愚昧了。我簡直是個瞎子。笑吧，笑吧。我我我，沒落了。我什麼都不知道了。一片渾沌。我安於現狀。我輸了，我輸了。我比誰都差。就連苦惱，就連苦惱，就連我的苦惱都莫名其妙。追根究柢，我到底有什麼苦可言。別開玩笑了！」計程車持續沿著湖邊行駛，不久終於看到上諏訪零星的燈火閃爍。雨也似乎停了。

瀧屋，是上諏訪最古老，也是最高級的旅館。笠井下車後，走到玄關。

「歡迎光臨。」和服領口緊到令人覺得發疼，年約四十的老闆娘一臉僵白前來打招呼，語氣冷淡：「您要住宿是嗎？」

「是的，麻煩您了。」笠井弱弱地擠出笑容，輕輕點頭致意。

「帶去二十八號房。」老闆娘笑也不笑，低聲命令女服務生。

「是。」一位身形嬌小，十五、六歲的女服務生起身。

就在此時，那個人，忽然現身了。

「不，我來帶。別館，三號房先生。」這名女子語氣粗魯，語畢便逕自走到笠井面前。她是小雪。

「你來了啊。你來了啊。」小雪連說了兩次，駐足打量笠井。「你好像胖了點。」小雪總是把笠井當弟弟看，現年二十六歲，明明比笠井小九歲之多，卻有種歷盡滄桑的沉著。臉蛋像天平時代[3]的臉，下半臉寬腫，眼睛細長，膚色白皙，身穿黑色條紋和服。她是這間旅館的女服務生領班，女學校念到第三年休學，東京人。

笠井在小雪的帶領下穿過長廊，走路時的老毛病右肩依然不自然聳起。然而走著走著，也一直沒看到剛才老闆娘說的二十八號房，可能是樓梯正下方三角地帶的爛房間吧。錯不了，那是這間旅館最差的房間。笠井相當沮喪，心想八成是自己穿著寒酸，木屐又髒，對，一定是服裝的關係。登上樓梯，來到二樓。

「你喜歡這裡對吧。」小雪拉開房間的拉門，說得一臉得意。

笠井淺淺苦笑。這裡是別棟，也備有客房，而且是最好的房間，附有露台，能欣賞旅館庭園景色，去年秋天開滿令人驚艷的桔梗花。庭園再過去有一座青藍的湖。確實是個好房間。笠井去年秋天在這裡寫了五、六天稿。

「今天我是來渡假的，想喝酒想得要命。所以房間怎樣都無所謂。」笠井心情好轉，說得快活。

換上旅館的棉和服，隔著桌子和小雪對坐，笠井這才由衷地露出笑容。

3 天平時代（七二九—七四九），天平乃奈良時代聖武天皇之年號。

「終於——」笠井說到一半，不由得沉沉嘆了一口氣。

「終於？」小雪帶著溫和的笑容反問。

「是啊，終於。終於……該怎麼說呢？日文真不方便啊，很難精準表達。謝謝。幸好有妳陪著我，幫了我很大的忙。我都快哭了。」

「我不懂。這不是因為我吧？」

「或許不是。溫泉，諏訪湖，日本，還有活著這件事。一切都令人眷戀。沒有理由。我感謝大家。或許只是一瞬間的心情。」淨說些裝模作樣的話，笠井自己都有些難為情。

「然後，立刻忘記嗎？請用茶。」

「我沒有一分一秒忘過喔。看來妳還是不懂啊。總之我先去泡個澡。麻煩妳備酒了。」

笠井先前還興致勃勃說要喝酒，結果也沒能喝多少。小雪這晚也很忙，拿了酒來便立刻走了，也沒有其他女服務生來招呼笠井，他只得獨自使勁地喝，喝到第三瓶已醉得差不多了，抓起房裡的電話便打。

「喂，今晚好像很忙的樣子哦，都沒人來招呼我。幫我叫藝妓來吧。叫一個三十歲以上的藝妓來。」

過了片刻，又打電話。

「喂，藝妓還沒來嗎？我可不想一個人醉倒在這種寂寥的別棟裡。給我拿啤酒來。不是清酒，接下來我要喝啤酒。喂喂喂，妳的聲音很好聽喔。」

確實是悅耳的聲音。話筒裡傳來：「是，是。」這位陌生女孩含笑率直的聲音，非常爽朗地傳到笠井酒醉的耳裡。

小雪端啤酒來了。

「聽說你叫藝妓？不要這樣，無聊透了。」

「可是沒有半個人來呀。」

「今天不曉得怎麼回事就是特別忙。你也醉得差不多了吧？好好睡覺吧。」

笠井又打了電話。

「喂，小雪說藝妓無聊，要我別叫，所以我不叫了。啊，還有，我要香菸，Three Castles。今天想奢侈地享受一下。不好意思。妳的聲音很好聽吶。」又誇了人家。

小雪來幫他鋪床後，他乖乖上床，但躺下就吐了。小雪只好立刻幫他換床單，這才沉沉睡去。

翌晨醒來，難受到痛苦呻吟。笠井睜開眼睛，想起自己昨晚的窩囊頹廢，丟臉得要死。浪漫真令人吃不消，甚至還吐了。想到這裡怒火中燒，往棉被一踹，忿忿起身前往浴場，在浴池裡發狂亂游，也顧不得體面，甚至還大膽仰泳，偏偏這樣還是難掃心中鬱悶。綳著臉，踩著粗暴的腳步聲回到房間一看，一名沒見過的女服務生，年約十七、八歲，身材修長，圍著白圍裙在擦拭清掃房間。

女服務生看笠井回來，親切地笑說：「昨晚您喝醉了啊。心情如何？」

笠井驀然想起。

「啊，我認得妳的聲音。我知道妳。」那是昨晚電話裡的女子。

女子縮起肩膀笑了笑，繼續擦拭壁龕。笠井心情好轉，站在房間入口處，悠哉地抽起菸來。

女子回頭說：

「哎呀，這菸味真香，是昨晚那個外國香菸吧？我很喜歡這個香味。別讓這個香味給逃了。」語畢扔下抹布，起身迅速關上走廊的拉門，以及通往露台的門，接著將房裡的隔間門全部啪啪啪地關上。關了又關，全部關上之後，兩人竟慌張起來，氣氛變得頗為尷尬。這也難怪笠井會自戀。不，說不定只是他自作多情，只是一場惡作劇。他從沒想過，壞事竟可做得如此天真無邪。笠井覺得眼前的女子可愛之至，感受一種鄉下田裡直接散發出的淳樸氣息，恍如看見白色蜀葵。

驀地，拉門開了。

「那個……」小雪沒多想便開門進來，見狀一時語塞，大約有五、六秒說不出話。

被看到了。宛如瞬間咚的一聲，掉入地球盡頭，骯髒漆黑的馬廄裡。只覺得朦朦朧朧黑煙萬丈，不是羞恥後悔足以形容的事。笠井很想直接裝死。

「幾點的火車啊？」小雪不愧是見過場面的人，隨即穩了下來，一副沒事般繼續說。

「我也不知道。」女子也莫名地不在乎。笠井甚至覺得她很可靠，也深深覺得女人真是費解的生物。

「我馬上就要走了，也不需要準備早飯了。請先結帳吧。」笠井依然閉著眼睛。太過刺眼，太過驚恐，不敢睜開眼睛。很想直接變成石頭。

「好的，我知道了。」小雪的語氣絲毫不帶挖苦，說完便離開房間。

「被看到了。錯不了的。」

「不要緊啦。」她真的一臉無所謂，眼神也清澈透亮。「您真的立刻就要走了嗎？」

「我要走了。」笠井脫掉棉和服，開始整裝。他真心認為，反正那種醜態都被看到了，與其在裝模作樣硬撐，拖拖拉拉地待在這裡，不如早點逃脫這裡才是明智之舉。

真的難堪到了極點，覺得自己已成為無可非議的醜態男，毫無任何清潔感可言。「油油膩膩，泥淖混濁，難堪至極，啊，我永遠不是少年維特了！」懊惱得直想跺腳，卻對性事絲毫沒有自責，只認為自己運氣差，活該倒楣。「啊，真的完了。我徹底被浪漫放逐了。真是驚恐一瞬啊。居然被看到了。還是被小雪看到。」笠井臉上浮現醜怪奇妙的表情，心亂如麻，心不在焉地結完帳，給了五圓小費，便急著穿木屐走人。

「再見了。下次來再好好多待幾天。」笠井滿心懊惱，泫然欲泣。

旅館的玄關，面色僵白的老闆娘和員工排排站，包括小雪和剛才女服務生，大夥兒客客氣氣地行禮致意，帶著同樣穩重溫和的笑容，目送笠井離去。

笠井壓根兒沒心思理會這一幕，直想趕快奔向馬路，哇哇哇地大聲尖叫，猶如雷神四處疾走。滿心想的是，我完蛋了。雪萊[4]，克萊斯特[5]，普希金[6]，再見了。我不是你們的朋友，你們是美麗的，不會做我這種醜事。我被

---

4 雪萊（Percy Bysshe Shelley，一七九二—一八二二），英國浪漫主義詩人。
5 克萊斯特（Bernd Heinrich Wilhelm von Kleist，一七七七—一八一一），德國詩人、小說家。
6 普希金（Aleksandr Pushkin，一七九九—一八三七），俄國文學巨匠，被譽為俄羅斯文學之父。

撞見了，徹底成為屎糞寫實主義。這不好笑。我已經跌落極樂淨土的地獄最底層了。再怎麼洗，都不會變回以前的我了。我竟瞬間就淒慘地跌落至此。宛如一場夢。啊，如果是夢就好了。不，這不是夢啊。那時小雪，確實把驚愕的「啊」吞了回去。她必定大吃一驚。我好想咬舌自盡。一個三十五歲人，竟跌落到這種地步，往後還有什麼希望呢？我甚至永遠無法當紳士了。我連狗都不如。少騙了，跟狗一樣。

笠井實在受不了了，到了車站買了二等座的車票，心情才稍微緩和了些。他已十年沒坐二等座了。作品——忽地想起作品。只剩作品了。即使被踢到世界盡頭，也要寫出好作品。笠井真切地認知到，所謂工作的重要性。他想給自己一條活路。暗黑王。無所謂。

笠井直接回家。錢還剩一半以上。總之，這是一趟美好的旅行。並非挖苦嘲諷。這次笠井說不定能寫出好作品。

美少女

今年正月起我搬到山梨縣，在甲府市的市郊租了間小房子，慢慢地寫一些稿子，至今也半年多了。進入六月後，盆地特有的悶熱暑氣猛烈逼人。那種毫不留情從地底湧上的熱氣，對我這個北國長大的人真是難以消受，只是靜靜地坐在書桌前，世界就忽然昏暗了，確實是暈眩徵候。因為暑氣悶熱而神智不清，是我有生以來的初次體驗。內人也為渾身的汗疹所苦。聽說甲府市附近有個叫「湯村」的溫泉部落，那裡的溫泉對皮膚病特別有效，因此內人每天去湯村泡溫泉。我們的租屋處，是一間月租六圓五十錢的茅屋，位於甲府市西北端的桑田裡，從這裡到湯村，徒步約二十分鐘。（橫貫四十九聯隊的練兵場，直直走去更快，或許十五分鐘就到了。）內人每天收拾完早餐飯後的家事，便拿著盥洗用具去那裡泡湯。據內人所言，那個湯村的大眾浴場相當清幽，浴客也都是農村的老爺爺老奶奶，雖說對皮膚病特別有效，但也不見有皮膚病的人來泡湯，內人的身體大概是最髒的吧。浴室也貼有瓷磚，環境相當乾淨，即便溫泉不熱是個缺點，大夥兒也會泡個三十分或一小時，東拉西扯話家常，總之是個別有洞天的地方，因此內人也叫我去泡泡看，還說一早走在練兵場的草原，可以聞到新鮮草香，朝露把腳濕得冰冰涼涼，心情也會豁然開朗，走著走著會一個人笑起來呢。這時正值我以暑氣悶熱為由怠惰工作，百無聊賴之際，決定立刻去探個究竟。早上八點多，在內人的帶領下出門。結果也沒什麼嘛，即使走在練兵場的草原，也不會一個人想笑。湯村的大眾浴場前院，有相當巨大的石榴樹，開滿了紅花。甲府這個地方石榴樹很多。

浴場好像最近新蓋好的，沒有汙垢，貼著純白瓷磚非常明亮，陽光也很充足，整體顯得乾淨整潔。不過浴池倒是有點小，約三坪左右。浴客有五人。我滑入浴池後大吃一驚，水居然溫溫的，和一般常溫水差不多。我蹲在裡面，讓水淹至下巴，不敢亂動，因為太冷了。只要稍微露出肩膀就冷得要命。必須像死了一樣，默默地蹲在水裡。這實在太離譜，我不禁害怕了起來。可是內人卻沉著地泡在水裡，一臉入定般閉著眼睛。

「真慘，我都不敢亂動吶。」我小聲嘀咕。

「可是，」內人雲淡風輕地說：「泡個三十分鐘就會渾身出汗，慢慢就有效果出來了。」

「是嗎？」我只好認了。

不過，我實在沒辦法像內人那樣一臉入定般閉著眼睛，我抱著雙膝蹲在浴池裡，張著眼睛東張西望。浴池裡有兩組家庭。一組是年約六十的白髮老翁，和五十開外的優雅老婦人，頗有氣質的老夫婦。白髮老翁的鼻梁高挺，右手戴著金戒指，以前說不定是遊戲人間的人，身材胖嘟嘟的，膚色微微泛紅；老婦人說不定也是抽起菸來架式十足的人。但問題不在這對老夫婦，而在別的地方。我視線對角處的浴池一隅，有三個人緊緊偎在一起。一個是年約七十的老翁，身體黑黑硬硬的，臉也是滿臉皺紋而縮小，樣貌十分怪異。另一個是看似年齡相仿的老婦人，身材瘦小，胸部凹凸不平有如百葉窗，膚色暗黃，乳房令人聯想到擠乾的茶袋，令人生憐。這對老夫婦沒有人的感覺，看起來像待在穴裡的狐狸東張西望。兩人之間有個女孩，可能是他們的孫女吧，宛如被爺爺和奶奶守護著，靜靜地蹲在那裡。這實在是很美的畫面。猶如附著在骯髒貝殼，被極其骯髒貝殼守護著的一顆珍珠。我這個人不習慣側眼看人，於是筆直地望著那女孩。看起來十六、七歲吧，也說不定有十八了。全身有些泛綠，但絕非虛弱。塊頭大而緊緻的身體，讓人聯想起青綠桃子。志賀直哉曾在隨筆寫過，身體長到可以嫁的初熟時期，是女人最美的時候。當時讀到這句話，我還打了冷顫，覺得志賀直哉真敢寫。不過此刻定睛凝視眼前少女的美麗裸體，深感志賀直哉所言不虛，而且絲毫沒有下流感。以純粹的欣賞對象而言，也是美麗崇高。少女神色緊繃，單眼皮，三白眼，眼尾上翹；鼻子普通；嘴唇稍厚，笑起來上唇會上捲，有種野性感；頭髮綁在後面，看起來髮量偏少，看似心無雜念蹲在兩個老人之間。即使我長時間直視她的身體，她似乎也不在乎。老夫婦像在摸寶物似的，或輕撫她的背，或拍打她的肩。這位少女可能是大病初癒，但絕不削瘦，皮膚乾淨緊緻，宛如女王。將身體委於老夫婦，時而獨自淺笑。那模樣甚至讓我覺得她是白痴。當她倏地站起來，我不由得睜大雙眼，差點呼吸困難。真是美麗高大的女孩。大概有五尺二寸吧。好看極了。豐盈的乳房猶如可以裝滿一只咖啡杯，四肢修長結實，毫不害羞地甩動雙手走過我眼前。那白皙的小手實在太可愛。少女在浴池裡走到水龍頭邊，直接伸手扭開水龍頭，以旅館提供的鋁杯，連灌了好幾杯水。

「哦！多喝點多喝點！」老太太綻開嘴邊的皺紋笑了，在後面聲援少女：「盡量多喝點，身體才會好。」接著另一對老夫婦出聲附和：「沒錯！沒錯！」大夥兒都笑了。那位戴戒指的老先生卻冷不防地對我說：

「你也要多喝點才行。這水對衰弱很好喔！」說得像命令似的，害我霎時瞠目結舌。我的胸部貧弱，肋骨醜陋地浮出，看起來一定像大病初癒。老先生這個命令使我倉皇失措，但裝作沒聽到也太失禮，因此我勉強擠出笑容，然後就起身了。可是這一起身冷死我了，冷得渾身打顫。少女默默地，將鋁杯遞給我。

「啊，謝謝。」我輕聲道謝，接過鋁杯，學少女站在浴池裡，伸手扭開水龍頭接水，一股腦兒地莫名猛喝。水很鹹，這是礦泉吧，不能喝那麼多。我喝三杯已是極限，然後一臉不悅地將杯子放回原處，立刻又蹲進水裡，沉過肩膀。

「喝了覺得不錯吧？」戒指老先生得意洋洋地說。我頓時啞口無言，但還是擺出一臉不悅，微微點頭應了聲：

「是啊。」

內人見狀低頭竊笑。我根本笑不出來，內心戰戰兢兢。我的不幸在於，實在無法輕鬆地和別人閒話家常。我很害怕這位老先生接著又要跟我說什麼，我真的無法招架，只想趕快逃離這裡。往少女那邊一看，她十分沉著，和之前一樣，靜靜地蹲在老夫婦之間，被緊緊地守護著，臉部朝上，毫無表情，絲毫沒把我當一回事。我終於死心了，趁戒指老先生還沒再度跟我說話之前，我先起身，對內人低語：

「走吧。身體根本暖不起來。」

說完隨即走出浴池，擦拭身體。

「我想再泡一會兒。」內人打算堅持下去。

「這樣啊，那我先回去了。」

在更衣室迅速穿好衣服，往浴池望去，大夥兒開始和樂融融在閒話家常了。果然我之前裝模作樣，默不吭聲，淨是東張西望，那副模樣可能太奇怪，使得老人們多少覺得不自在吧。我不在以後，大夥兒從拘謹中得到解放，一副輕鬆地天南地北聊了起來。連內人都加入閒聊，開始講解汗疹的事。我實在不行，無法加入他們，反正我就是異樣。就這樣在心裡鬧彆扭，打算回去之際，又看了那位少女一眼。她果然還是被兩個黑老人守護著，恍如寶物散發出美麗光澤，靜靜待在那裡。

那位少女真美。我將這幅美景偷偷藏在心中的祕密盒子裡。

七月，酷暑悶熱到了極點。榻榻米也熱得發燙，無論坐躺都令人待不住，雖然很想去山裡的溫泉避暑，又想到八月我們要搬去東京近郊，到時候要花很多錢，所以錢得省著用，花這種多餘的錢去泡溫泉委實不恰當。可是我熱得快瘋了，心想乾脆把頭髮剪短，至少頭部會涼快些，心情也會清爽許多，便出門找理髮店。我沒有特地要找哪家理髮店，只要裡面沒有客人，有點髒也無所謂，就這樣漫無目的邊走邊找，看了兩、三家都客滿。後來來到巷子裡的澡堂，看到對面有一間小理髮店，探頭一望，果然裡面也有客人。當我想轉身離去，老闆從窗戶探出頭來說：

「馬上就好了喔。你要剪頭髮吧？」就這樣猜中了我的意向。

我只好苦笑，推開理髮店的門走進去。我自己是不覺得，但看在旁人眼裡，我的頭髮可能又亂又長很難看吧，所以理髮店的老闆才能一眼看穿我的心思。坦白說，我真的覺得很丟臉。

老闆年約四十，理著大光頭，戴著粗圓框眼鏡，嘴唇尖尖的，長相討喜有趣。此外還有個十七、八歲的徒弟，膚色黝黑，身形削瘦。和理髮室隔著一層薄薄的簾子，有一間西式客廳，聽得到兩、三人的談話聲，我誤以為他們是客人。

往椅子一坐，衣襬傳來電風扇的涼風，頓時解救了我。室內重點部位飾有盆栽或金魚缸，是間小巧清爽的理髮店。炎炎夏日，剪髮最好。

「呃那個，請把後面的頭髮往上剪短。」寡言的我，光說這句話就夠吃力了。說完看向鏡子，鏡中的我一臉警戒，漾著異樣的緊張，緊閉雙唇，裝模作樣。這一定是不幸的宿命。居然來理髮店都得如此裝模作樣，我實在太沒出息了。接著再往鏡子仔細一看，看到鏡中後面有花，一位少女穿著簡單的藍色衣服，坐在靠窗的椅子上。這時我才知道，那裡坐了一位少女。但我沒有深入想太多，只猜想可能是老闆的女徒弟？或女兒？然後就沒注意看了。過了不久，我發現少女的脖子從我的背後伸出來，頻頻打量我鏡中的臉。我和她的視線，在鏡中對上了兩、三次。我忍住回頭看她的衝動，一邊心想這張臉好像看過。當我開始仔細端詳背後少女的臉，她似乎很滿足就不再看我了，自信滿滿在窗沿托著腮，看向外面的街道。貓和女人很像，你若靜靜地待著，她會喚你的名字；你若靠過去，她就逃了。這個少女可能也無意識掌握了這種特性。當我恨得牙癢癢如此暗忖時，少女懶洋洋地拿起旁邊桌上的一瓶牛奶，就著瓶子默默地喝光。這時我才恍然大悟，她有病在身。她就是那個，那個身材姣好的病後少女。啊，我明白了。看到那瓶牛奶，我猛地懂了，心裡卻也過意不去，很想向少女道歉，比起妳的臉，我居然對妳的乳房比較熟，真是失禮了。雖然現在以藍色簡單衣服包著，但我對她姣好肉體的每一寸都知道得很清楚。想到這裡，我暗自歡喜，甚至覺得少女像是親人。

然而不知不覺中，我竟然對鏡中的少女笑了。可是少女絲毫沒笑，看到我對她笑便倏然起身，慢條斯理走到帘子後面的客廳去了。沒有任何表情。我再度覺得她是白痴。不過我很滿足，覺得有了一個可愛的朋友。老闆可能是她的父親吧。當她的父親咔擦咔擦地幫我理髮，我不僅涼快了起來，更是滿心歡喜。就是這樣的一個惡德故事。

輯三　悵惘

那副模樣，如今依然在我削瘦乾扁的胸中晃動。
父親早逝的兄弟們，無論再有錢，依然是可憐的。

父親

以撒對父親亞伯拉罕說：「父親啊！」

亞伯拉罕答道：「我兒啊，我在這裡。」——《創世紀》二十二之七為「義」不惜犧牲自己的兒子，這種事在人類誕生不久就發生了。亞伯拉罕被稱為信仰之父，為了信仰之義，打算殺掉自己的兒子。這個故事在《舊約聖經》的《創世紀》相當有名。

耶和華要試驗亞伯拉罕，呼叫他：「亞伯拉罕！」

亞伯拉罕答道：「我在這裡。」

耶和華說：「你要帶著你所愛的獨生子，亦即以撒，前往摩利亞地，在我指示的山頂，將以撒獻為燔祭。」

亞伯拉罕清晨起床，在驢上備鞍，讓他心愛的獨生子以撒騎上去，來到上帝指示的山麓，扶以撒下驢，再讓以撒揹上燔祭的木柴，自己則拿著火與刀，兩人一起往山上走。

以撒對父親亞伯拉罕說：「父親啊！」

亞伯拉罕回答：「我兒啊，我在這裡。」

以撒說：「火與木柴都有了，可是燔祭的羔羊在哪裡呢？」

亞伯拉罕說：「我兒啊，上帝必自己預備燔祭的羔羊。」

兩人繼續往前走，終於來到山頂。

亞伯拉罕架設祭壇，擺好木柴，捆綁愛子以撒，將他放在祭壇的木柴上。

然後伸手拿刀，準備殺自己的兒子。

此時，耶和華的使者從天上呼叫他：「亞伯拉罕！亞伯拉罕！」

亞伯拉罕答道：「我在這裡。」

使者說：「放開這個孩子，不可殺害他。你不惜犧牲你的獨生子，如今我已知你是敬畏上帝的人了。」

故事大致如此。雖然以撒最終沒被父親殺死，但亞伯拉罕為了表明自己是堅貞信徒，確實毫不遲疑想殺了心愛的獨生子。

無論東西方，也無論信仰對象為何，「義」的世界都很可悲。

我七、八歲時，看過一部電影《佐倉宗吾郎一代記》。電影裡有兩個橋段，我至今難忘，一個是宗吾郎的陰魂折磨貪官汙吏的場面，另一個是父子在大雪中離別的場面。

宗吾郎終於決定直接向將軍告御狀，在大雪紛飛之日啟程。孩子們從家裡的格子窗探出頭來惜別，淚眼汪汪哭喊父親。宗吾郎以斗笠遮臉，登上渡船。景色一片滄茫，風雪狂吹。

當時七、八歲的我，看得潸然落淚，但我並非同情哭喊的孩子，而是想到宗吾郎為「義」拋下孩子的苦楚，萬分不忍。

從那之後我忘不了宗吾郎，也預感到自己往後的人生必定會碰到兩、三次，猶如宗吾郎告別孩子，痛苦得心如刀割的場面。

在我至今將近四十年的生涯裡，幸福的預感大多落空，不祥的預感卻悉數應驗，和小孩分離也不僅兩、三次，尤其這幾年相當頻繁，幾乎每隔一天就上演這種戲碼。

我常想，如果沒有我，至少我周遭的人會過得平安穩定些吧。今年我已滿三十九歲，但靠寫作賺取的全部收入，說是全部浪費在我一個人的吃喝玩樂也不為過。然而這些吃喝玩樂，對我是地獄般的痛苦悶酒，以及和恐怖女鬼扭打般的外遇，絲毫沒有快樂可言。而且陪我吃喝玩樂、接受我款待的朋友們，也只是在一旁擔心我，完全沒有樂在其中的樣子。結果我浪費了我全部的收入，卻沒一個人得到快樂。可是老婆買個炭爐，我卻囉哩八唆地碎念，這個多少錢呀，太浪費了。我就是這樣一個自私的老公。我很清楚這樣不好，但就是沒辦法改掉這個毛病。二戰前如此，二戰中也如此，到了戰後依然如此。說不定我出生至今，其實罹患了什麼麻煩的大病。一出生就住進類似療養院的地方，縱使一路過著充分療養的生活，但費用或許不到我菸酒錢的十分之一。我真是個胡亂花錢的大病人。一個家庭只要出一個這種大病人，身邊的親人都會逐漸削瘦，日日折壽吧。真想死了算了。寫那些無聊的東西，被阿諛奉承是什麼佳作，卻害身邊的親人日益折壽，豈不是罪大惡極的可惡之人嗎？去死吧！

俗話說，小孩沒有父母也會長大。我的情況卻是小孩因為父母而長不大。因為我連為小孩存的錢都拿去花光。

所謂圍爐的幸福，為什麼我就是辦不到？我真的無地自容。因為我很怕圍爐，怕得要命。

下午三、四點左右，工作告一個段落，我起身從書桌的抽屜取出錢包，看了看裡面的錢，塞進懷裡，然後默默披上斗篷大衣走了出去。外頭有孩子們在玩耍，我的孩子也在其中。我的孩子看到我就不玩了，一臉正經走過來，仰望我的臉。我也俯視孩子的臉。父子無言對望。偶爾我會掏出手怕幫他擦擦鼻涕，隨即轉身快步離開，前往那個原本應該用來給孩子買點心、玩具、衣服、鞋子的錢，一夕之間如廢紙般揮霍殆盡的地方。這就是我和孩子的離別場面。而且我一旦外出，有時兩、三天都不回家。父親在某處為義玩樂，帶著地獄般的心情在玩樂，賭上性命在玩樂。母親終於死心，手裡牽著老大，背上揹著老么，把書拿去舊書店賣。因為父親沒留錢給母親就走了。

然後今年四月又生了一個孩子。家中原本就沒什麼衣服，那場戰火又燒掉了大半衣服，因此新生兒的襁褓、棉被、尿布全無著落，當母親的頻頻茫然嘆息，當父親的卻裝作沒看到又出門去了。

剛才我說為「義」而玩樂。有人可能會忿忿地反嗆：「義」？別說蠢話了，你根本只是沒資格活下去的放蕩病重症患者吧！真好意思把「義」搬出來，簡直像小偷被逮到了還若無其事地擺爛，這叫厚顏無恥！

然而俗話說小偷也有三分道理，我心底深處的白絹也寫滿密密麻麻的小字。打個比方來說，那些小字就像十隻螞蟻從墨汁海爬出來，在白絹上沙沙作響爬來爬去，沾墨汁的腳胡亂印出許多細小的足印，是一種幽微又難為情的文字。若能判讀這些文字，我就能清楚向各位說明，站在我立場的「義」究竟為何，偏偏那些文字複雜又艱深。

我絕非想用這個比喻矇混過去，因為具體說明那些文字不僅很難，並且相當危險。一個不小心搞錯的話，恐會淪於令人作嘔的矯揉造作與類似虛榮的詠嘆，抑或變成令人傻眼的千層厚臉皮詭辯，或以為我在鼓吹異端邪教，甚至墮落成投機分子在吹牛救國政治言論，這種種危險都是有的。

我確信這些骯髒的跳蚤，和寫在我內心白絹如螞蟻足跡的文字，本質上截然不同，但我就是無法說明，此刻也不想說明。說得矯揉做作一點，不到花開時節就無法說清楚。

今年正月初十左右，寒風刺骨的日子，妻子對我說：

「能不能請你今天待在這裡？今天就好。」

「為什麼？」

「今天說不定會發白米配給。」

「妳的意思是要我去領？」

「不是。」

我知道妻子感冒兩、三天了，咳得很兇，要她病懨懨地去揹配給米回來實在於心不忍，可是要我去排隊領米我也百般不願。

「妳的身子不要緊嗎？」於是我問。

「不要緊，我去領米，可是帶孩子們去實在很累，能不能請你待在家裡照顧孩子們。光是揹米就很重了。」

妻子眼眶泛淚，閃著淚光。

她肚子裡還懷了一個孩子，要她背上再揹一個孩子，手裡再牽一個孩子，自己又感冒了，還要抬一斗米回家，我不用看到她的眼淚就知道有多艱辛。

「會的，我會在家裡。我會待在家裡。」

之後過了約三十分鐘，玄關傳來女人的聲音。

「有人在嗎？」

我出去應門一看，是三鷹某間關東煮店的女服務生，她說：

「前田女士來了。」

「哦，這樣啊。」

說著，我已將手搭在掛在房間門口的斗篷大衣上。

頓時，我也想不出漂亮的謊話，也沒對隔壁房間的妻子說個一言半語，披上斗篷大衣，拉出書桌的抽屜亂找一通，抽屜沒什麼錢，便把早上雜誌社剛寄來的三張匯票，連信封一起塞進斗篷大衣的口袋出門了。

反倒是站在家門外的大女兒，一臉尷尬地看著我。

「前田小姐？她一個人來嗎？」

我故意無視大女兒，問那位關東煮女服務生。

「是的。她說只要一下子就好，想和您見個面。」

「這樣啊。」

我抛下孩子，快步離開。

前田小姐年逾四十，之前在永樂町的報社工作過很長的時間，現在我也不知道她在做什麼。我和她認識是在兩週前，也就是年底的時候，她來那間關東煮店吃飯，我和一位年輕友人正好喝得爛醉，不經意邀她來和我們同桌，握了握她的手。我們之間的交情不過如此。記得當時我跟她說：

「一起玩吧！接下來一起玩吧！玩個痛快！」

她卻以沉穩平靜的語調說：

「平常不太玩的人才會這麼來勁。你平常都戰戰兢兢在工作吧？」

我聽了心頭一驚：

「好吧，既然妳這麼說，下次見面時，我會讓妳見識我徹底的玩法。」

我嘴上這麼說，但內心覺得她是惹人厭的大嬸。這話或許輪不到我說，但我覺得她這種人才是真正不健康吧。我憎惡不帶苦悶的玩樂。我能肯定盡情學習、盡情玩樂的人，但這種只會玩樂的人最讓我火冒三丈。

我認為這種人很愚蠢。但我也是愚蠢之輩，不想輸給她。即便話說得再漂亮，反正她一定也是個俗物。於是當時我心想，下次一定要好好整她，扯下她的面具，讓她下不了台。

因此我跟她說，我隨時奉陪，若她心血來潮再來這間關東煮店，請女服務生來叫我一聲就行。說完，我們便握手道別了。即使我當時爛醉如泥，依然記得這件事。

如此一說，彷彿只有我是清高的乖寶寶，但或許是爛醉之下的低級噁心色慾造成的，亦即只是臭氣相投的醜陋畫面罷了。

我快步朝著那個不健康的惡魔走去。

「恭喜，新年快樂。」

見到前田小姐，我羞澀地說。

前田小姐上次穿洋裝，這次穿和服，坐在關東煮店土石地房間的椅子上抽菸，身材高瘦，臉型細長，臉色蒼白，看似素顏連口紅也沒搽，薄薄的嘴唇顯得又白又乾，戴著一副重度近視眼鏡，眉間皺紋深鎖。總之，這種容顏是我最不喜歡的類型。上次因為我醉眼惺忪，覺得她看起來還不賴，現在神智清醒仔細一看，倒盡胃口。

我只是一個勁兒大口喝酒，主要跟關東煮店的老闆娘和女服務生聊天，前田小姐幾乎沒說話，也不太喝酒。

「妳今天安靜得出奇，變得很乖吶。」

我覺得很無趣，試著調侃她。

她只是呵呵一笑，依然低著頭。

「我們不是約好要玩個痛快。」於是我加碼說，「妳多少也喝點酒嘛。上次那晚，妳不是喝了很多嗎？」

「白天不行那樣喝啦。」

「白天跟晚上都一樣啦。妳不是玩樂的冠軍高手嗎？」

「喝酒不在玩樂的範圍裡喔。」

她竟說這種狂妄的話，使我越來越掃興。

「不然要怎樣才算玩樂？接吻嗎？」

這個色婆娘！我可是拋下小孩，上演父女離別的場面來這裡陪妳玩喔！

「我要回去了。」她拿起桌上的手提包，「失陪了。我叫你來不是為了這個……」說得欲言又止，泫然欲泣。

那個表情真的很不妙。不妙到我都憐憫起來了。

「啊，對不起。我們一起出去吧。」

她輕輕點頭，起身，然後擤了擤鼻涕。

我們一起走出店外後，我跟她說：

「我是個粗人，不懂玩樂的方法。要是不喝酒，我就不知道怎麼玩了。」

為什麼我就不能立即向她道別呢？

倒是她走到外面，忽然變得精神奕奕。

「讓你見笑了。其實我早就知道那家關東煮店了，今天我拜託老闆娘去叫你時，她擺出一張臭臉給我看。好討厭哦，我覺得我連女人都稱不上了。你呢？你是個男人嗎？」

她竟說出這種矯揉做作的話。然而儘管如此，我還是說不出再見二字。

「我們去玩吧。妳有沒有什麼好主意？」

我踢開腳邊的石頭，說出這種違心之論。

「去我的住處如何？其實我今天叫你出來，就是想找你去我家。我家有很多有趣的朋友喔。」

我鬱悶了起來，完全提不起勁。

「去妳家，有什麼好玩的樂子嗎？」我竊竊一笑。

「什麼都沒有喔。想不到作家還滿現實的嘛。」

「這個嘛……」我剛開口便閉上嘴巴。

我看到了妻子！我那病懨懨妻子，戴著白紗布口罩，揹著小兒子，任憑寒風吹打，站在排隊領配給米的行列中。妻子假裝沒看到我，但站在她旁邊的大女兒，直勾勾地盯著我。女兒學她母親，也戴著一塊小的白紗布口罩，看著父親大白天喝醉酒和一個奇怪的大嬸走在一起，而且一副想走過來的樣子。我這個當父親的尷尬到無地自容，母親卻若無其事，用揹嬰兒時披在上面的棉罩衣袖，遮住女兒的臉。

「那是你女兒吧？」

「別開玩笑了。」

我想笑笑矇混過去，卻只能歪歪嘴角。

「不過，感覺滿像的……」

「妳別消遣我了。」

然後我們走過配給所前面。

「妳家在哪？很遠嗎？」

「不遠，就快到了。你願意來啊？我的朋友一定很高興。」

我沒留錢給妻子，不要緊嗎？我緊張得直冒冷汗。

「那就走吧。路上有沒有賣威士忌的店？」

「酒的話，我有準備了。」

「準備了多少？」

「你真的很現實啊。」

來到前田小姐家，裡面有兩個三十多歲的女人，看起來都不太正經，而且都沒女人味，不，應該說是畏懼女人味的瘋婆子，跟我說話時的態度比男人更粗魯，而且完全不談女人之間會聊的哲學、文學、美學話題，一味地爭論無聊白痴的議題。我內心暗忖地獄啊地獄啊，隨便附和她們，一邊喝酒、戳弄牛肉火鍋、吃年糕湯，然後窩進暖被桌睡覺，一點都不想回去。

義。

義是什麼？

雖然無法解釋，但亞伯拉罕終究沒殺他的獨生子，宗吾郎上演了父子離別場面，我執意要墜入地獄。義究竟是什麼？所謂義，可能很像男人難以承受的悲哀弱點。

母親

昭和二十年八月起，大約為期一年三個月，我在本州北端的津輕老家，過著所謂疏散的生活。那段期間我幾乎都待在家裡，沒去過一次堪稱旅行的旅行。有一次，去津輕半島面臨日本海的港鎮玩，但也只是從我居住的疏散地，搭火車頂多三、四小時就到了，所以只能算是「外出」的小旅行。

不過在那個港鎮的旅館住了一晚，碰到類似「悲哀故事」的奇妙事件。我想談談這件事。

我疏散到津輕時，幾乎沒有主動去拜訪別人，也沒什麼人來拜訪我，但一位退伍青年偶爾來問我小說的事。

「常看到『地方文化』這個詞，請問老師，這指的是什麼？」

「嗯，我也不太清楚。不過比方說，就像現在這個地方，在釀造濁酒。既然要釀，就要釀好喝且喝多了也不會宿醉的上等濁酒。不僅濁酒，還有草莓酒、桑葚酒、野葡萄酒、蘋果酒，都是精心釀造，令人陶然入醉且不會頭痛的上等好酒。食物也一樣，為了將這個地方的物產，盡可能做到好吃，也下一番獨到的工夫。所以大家都喝得很開心，吃得很開心，大概是這麼回事吧。」

「老師您喝濁酒嗎？」
「喝是喝，可是不覺得多好喝，喝醉的感覺也不怎麼好。」
「可是也有很棒的濁酒喔。最近出了一種跟清酒幾乎沒兩樣的濁酒。」
「這樣啊。這也代表著地方文化的進步吧。」
「下次可以帶來給老師喝嗎？請老師也喝喝看。」
「當然可以，我很樂意。這也是為了研究地方文化嘛。」
幾天後，這名青年用水壺裝濁酒來。
我喝了之後說：「好喝！」
這濁酒清澄得和清酒一樣美麗，比清酒更有濃郁的琥珀色，酒精濃度應該也頗高。
「很優秀吧？」
「嗯，很優秀。地方文化不容小覷。」
「還有，老師您知不知道這是什麼？」
青年打開帶來的便當盒蓋，放在桌上。

我看了一眼：「是蛇。」

「沒錯，這是照燒蝮蛇，也算地方文化的一種吧。為了把這個地方的產物，盡可能做到好吃，下了一番獨到的工夫，就做出這道照燒蝮蛇了。為了研究地方文化，請老師也吃吃看。」

我只好乖乖吃了。

「怎麼樣？好不好吃？」

「嗯。」

「吃了會精力充沛喔。一次吃五寸以上，會流鼻血呢！老師現在吃了兩寸，還不要緊。請再吃兩寸看看。吃四寸對身體剛剛好。」

迫於無奈，我說：「那就再吃兩寸吧。」便又吃了兩寸照燒蝮蛇。

「怎麼樣？有沒有覺得身體熱起來了？」

「嗯，好像熱起來了。」

青年忽然放聲大笑。

「老師，對不起。其實這是日本錦蛇。酒也不是濁酒，是我把威士忌混入一級酒裡。」

但是從此，我和這位青年的交情變得很好。能夠這樣成功騙倒我，真的很有兩下子。

「老師，下次來我家玩吧？」

「謝謝。」

「地方文化相當豐富喔。無論日本酒、威士忌、魚類、肉類都有相當豐富的地方文化。」

這位青年名叫小川新太郎，住在面臨日本海的港鎮，家裡開旅館，他是家中的獨生子。

「你是想以此為餌，要我去開座談會吧？」

我很怕人家找我去所謂的文化演講會或座談會，對著人們講述民主主義的意義之類的，總覺得自己很假，像隻老狐狸，我很受不了這個。

「該不會沒人來聽老師說話吧？」

「這也不見得喔，像你就常常來聽我說話。」

「我不一樣啦，我是來玩的。我是來研究玩樂的方法，這也算文化運動的一環吧？」

「你是指好好學習、好好玩樂嗎？這主意倒不錯。」

「既然如此，您就別想太多，放輕鬆來我家玩吧。我家雖然破舊，不過從海裡現釣的魚保證好吃。」

於是我決定去他家玩。

我從疏散地搭火車，過了三、四小時，在他居住地的港鎮車站下車，便看到小川新太郎穿著氣派的西裝來接我。

「你有這麼好的西裝，為何來我家的時候，穿那種髒兮兮的軍服來？」

「我是故意穿那樣去的。譬如水戶黃門或最明寺入道[1]，外出旅遊都故意穿得髒兮兮吧？這樣旅行才更有趣，遊玩高手都故意穿得很寒酸。」

時值農曆新年，港鎮積雪的路上人來人往，顯得興高采烈十分熱鬧。這天是陰天，氣溫還算暖和，積雪的路面也冒出屢屢熱氣。

雪道右邊就能看到海。冬天的日本海很黑，浪濤庸俗而痛苦地翻滾著。

我穿著橡膠長靴，小川穿著紅皮短靴啾啾作響，悠哉地走在沿海的雪道上。

「我在軍隊被揍得很慘啊。」

「我想也是。我有時也很想揍你呢。」

「可能我看起來有些狂妄吧。不過軍隊真的很沒人性喔！我這次退伍回來，翻開森鷗外全集，看到他穿軍服的照片，覺得受夠了，就把全集拿去賣了。我真的受不了鷗外，死也不會再讀他的書，居然穿那種軍服！」

「既然這麼討厭軍服，你幹嘛穿軍服外出？這算哪門子的寒酸。」

「實在太討厭了，所以才穿出門。這一點老師不懂吧。總之，旅行是一件飽受屈辱的事吧？軍服剛好可以匹配這種屈辱，所以才要穿軍服。不過這麼說老師還是不懂吧。畢竟連訪問作家都是一種屈辱，簡直屈辱到了極點。」

「你就是愛說這種狂妄的話，才會被揍。」

---

1 最明寺入道，本名北條時賴，鎌倉幕府第五代的輔佐官，出家後稱為最明寺殿或最明寺入道。

「也許吧。真的很受不了。揍人這種事，狂人才幹得出來吧。我在軍隊裡時常被揍，所以我也想模仿狂人，甚至下了工夫將兩道眉毛剔光，站在上司的面前呢！」

「你居然豁出去做這種事。上司嚇傻了吧？」

「整個傻掉了。」

「不過以後就沒再挨揍了吧。」

「不，反而被揍得更兇。」

我們抵達小川家。那是一間背山臨海清爽漂亮的旅館。

小川的書房在後棟的二樓，窗明几淨，筆硯紙墨堪稱精良，整理得過於井然有序，我反而懷疑小川在這個房間不念書吧。壁龕的柱上，掛著一幅裱銀框的江戶浮世繪畫家東洲齋寫樂的版畫，畫的是怪誕的歌舞伎演員，宛如挫敗的天狗。

「很像吧？我覺得這幅畫和老師很像喔。因為今天老師要來，我特地把這幅畫掛在這裡。」

我不太高興。

我們圍著書桌旁的暖爐而坐。他的書桌上攤開著一本書，可能是剛讀到一半的，可是那攤開擺放的樣子過於工整，反而使我湧現一個失禮的疑念，那本書他可能一頁都沒看吧。

我瞥了一眼書桌，不禁歪了歪嘴。他似乎馬上就看到了，以難以形容的氣勢，憤然地拿起桌上那本書說：

「這本小說很棒耶！」

「我不會推薦爛小說。」

這本是我推薦他務必一讀的短篇小說集，因為他之前問我讀什麼東西好。

「真是非常偉大的作家。我以前完全不知道有這位作家，要是能早點讀就好了。所謂萬世一系，指的就是這種作家。跟這種作家相比，老師簡直像個乞丐。」

他認為這本短篇集的作家是萬世一系，這是他的言論自由，我不多做評論，但他竟拿我相比，斷言我是乞丐，這我可無法忍受。和年輕人混得太熟就會落得被奚落的下場。

我滿心不悅，甚至想重新走進旅館玄關，以完全陌生的旅客身分在此下榻，無論如何都要買單付帳，而且小費付得特別多，不跟這個旅館的兒子說半句話，付錢走人。

可是小川似乎沒想太多，接著又說：

「不愧是我的老師，眼光很高吶。這本小說真的很精彩。」

頓時我不禁心想，會不會是我太乖僻了？

此時紙門外傳來女人的聲音，呼喚小川：

「少爺。」

「幹嘛？」

小川回答，起身拉開紙門，走到走廊上說：

「嗯，對對對，沒錯。棉袍？當然要，快去拿！」

然後從房門外對我說：

「老師，洗澡吧，請換上棉袍。我也要去換棉袍了。」

「不好意思，打擾了。」

不久一位年約四十歲，臉型細長，化著淡妝的女服務生，拿了棉袍進來幫我換穿衣服。

比起容貌與服裝，我更在意一個人的聲音，若身旁有聲音難聽的人，我會莫名地心浮氣躁，想喝醉都很難。這位年約四十的女服務生，姑且不論容貌，聲音倒是滿悅耳的。她在紙門外呼叫少爺時，我就察覺到了。

「妳是當地人嗎？」

「不是。」

她帶我去浴室。那是一間貼著白瓷磚的高級浴場。

我和小川兩人，泡在清澄的熱水裡。我故意問他：「原來你家不是單純的旅館啊？」因為他剛說我是乞丐，我倍感受辱，帶著復仇的心態消遣他，但他沒有多說什麼。其實我沒有確實的證據，只是忽然有這種感覺。要是我搞錯了，就變成必須向他道歉的失禮問題。

這天晚上，我享受了所謂地方文化的精髓。

暮色低垂後，那個聲音悅耳的中年女服務生化了濃妝，搽上鮮豔口紅，端著酒和料理來我房間。不知是老闆的交代，抑或少爺的吩咐，她將酒菜放在房間門口，行了禮便默默離開了。

「你認為我是好色之徒對吧？」

「對啊，你很好色吧。」

「我確實很好色。」

其實我在繞圈子說話，希望他能叫女服務生來幫我斟酒，但不知他是有意無意，竟擺出一臉沒聽懂的樣子，滔滔不絕地說這個港鎮的興亡盛衰史給我聽，害我失望透了。

「啊，我醉了。睡吧。」我說。

我獨自躺在前棟二樓，一間約二十疊的大房間裡。可能是這家旅館最大的房間。因為喝得爛醉如泥很難受，自言自語像在說夢話碎念著地方文化：「不可輕侮，南無阿彌陀佛，南無阿彌陀佛。」不知不覺睡著了。

睡到一半忽然醒來。說是醒來，並沒睜開眼睛。閉著眼睛醒來，首先聽到海浪聲，這才想起，啊，這裡是港鎮的小川家，昨晚惹了不少麻煩啊，開始心生後悔，一陣忐忑惶恐湧上心頭，忽然間二十年前自己做的奇妙矯情行徑，也毫無由來地鮮明浮現腦海，難堪到使我想放聲尖叫，但也只敢低聲說著「不行！無聊！」在床上輾轉難眠。每次爛醉入眠，總會在半夜醒來，承受這種神明給的難以消受的刑罰兩、三小時，這也成為我的慣例了。

「多少要睡一下才行啦。」

錯不了，是那個女服務生的聲音。但不是對我說的。我的棉被靠著隔壁房間的牆，聲音是從隔壁房間傳來。

「哦，可是我遲遲睡不著。」

這是年輕男人回答，不，應該是少年的聲音，語氣裡沒有厭煩。

「你就稍微睡一下吧。現在幾點了？」女人問。

「三點，十三……不，三點四分。」

「這樣啊。你那個手錶，這麼暗也看得到啊？」

「看得到。這叫螢光板。妳看，發出像螢火蟲的光吧？」

「真的耶。這支錶很貴吧。」

我依然閉著眼睛，翻了個身，暗自思索。搞什麼嘛，我猜的果然沒錯，別小看作家的直覺，不，應該說別小看好色之徒的直覺吧？小川說我是乞丐，裝出一副他有多高潔的樣子，可是你看，這家旅館的女服務生，還不是跟客人睡。明天早上拿這件事去消遣他，看他狼狽的模樣一定很好玩。

這時隔壁房間又傳來兩人的竊竊私語。

從談話內容得知，男人是從軍隊回來的航空兵，而且剛回來，昨晚抵達這個港鎮，他的故鄉是個貧寒偏僻的村莊，必須從這個港鎮徒步三公里才會到，因此在這裡休息一晚，天亮立刻要出發回故鄉。兩人是昨夜在此初次相逢，必非舊識，彼此多少還有些顧忌。

「日本的旅館真好啊。」男人說。

「怎麼說？」

「因為很安靜。」

「不過海浪的聲音很吵吧？」

「我已經習慣海浪聲了。我家那個村莊的海浪聲更驚人。」

「你父母在等你回家吧。」

「我沒有父親，已經死了。」

「只剩母親在？」

「是的。」

「你母親幾歲了？」女人輕聲問。

「三十八歲。」

我在黑暗中，猛地睜開眼睛。那個男人如果二十歲左右，母親是這個歲數的話，想想也滿合理的，不足為奇。可是三十八歲，對隔壁房間的我而言，也是暗吃一驚。

「……」

就像我必須這麼寫，那個女人果然也沉默不語。我聽到一聲微小的倒抽一口氣，那聲音和我的呼吸不謀而合。這也難怪，那女人大概也是三十八、九歲吧。

聽到三十八歲倒抽一口氣的，只有女服務生和隔壁房間的好色作家，年輕士兵似乎沒察覺異樣，悠哉地問：

「妳剛才說，妳的手指燙傷了，情況如何？還會痛嗎？」

「不會。」

可能是我多心吧，我覺得她的聲音無力到快要消失了。

「我有帶很好的燙傷藥，放在那個背包裡。我幫妳擦吧。」

女人沒有應答。

「可以開燈嗎？」

男人似乎起身了，想從背包裡拿出燙傷藥。

「不用啦，很冷，你睡吧。不睡不行的。」

「一個晚上不睡不要緊，我撐得住的。」

「不要開燈！不要！」

女人語氣尖銳。

隔壁房間的作家也頻頻點頭，不可開燈，別讓聖母暴露在光亮處！

男人似乎又鑽進棉被裡。兩人靜默了片刻。

不久男人低聲吹起口哨，可能是戰時當少年航空兵習得的曲子。

女人忽然冒出一句：

「你要直接回家喔。」

「會，我是這麼打算。」

「不可以繞到別的地方玩喔。」

「我不會。」

當我真的睡醒時，已然上午九點多，隔壁房間的年輕房客早已出發了。

我躺在床上發懶之際，小川單手拿著五、六包CORONA[2]到我的房間來。

「老師早，昨晚睡得好嗎？」

「嗯，睡得很好。」

2 CORONA，香菸名稱，十支裝，一九四六年開始販售，只出一、兩年即停產。

我沒將昨晚隔壁房間的事告訴小川，放棄看他狼狽的模樣，因此改說：
「日本的旅館真好啊。」
「怎麼說？」
「嗯，因為很安靜。」

家庭的幸福

「官僚惡劣」這句話，其實和所謂「清明爽朗」之類的話一樣，都讓人覺得愚蠢腐敗，甚至荒謬。我不知道「官僚」這種族群的真面目，也不知道他們如何惡劣，因為我無法實際鮮明地感受到，比較接近不在討論之列、漠不關心這種心情。換言之，我甚至認為只是公務員作威作福罷了。畢竟民眾也有很多狡猾、骯髒、貪得無厭、背叛、不三不四之輩，幾乎和公務員不相上下，反倒大半的公務員，通常是從小好學，長大後立志出鄉，努力把整套《六法全書》背下來，質素儉約，遭朋友譏諷小氣也當馬耳東風，相當敬奉祖先，亡父忌日必定前往掃墓，以金框將大學畢業證書裱起來掛在母親臥房牆上，對父母善盡孝道，友愛兄弟姊妹，相信朋友，到了政府機關做事，只求沒出大過失，對人不憎不愛，不苟言笑，只一味講求公平，當紳士楷模，威嚴堂堂，縱使有些作威作福也無妨。這樣的公務員，我甚至有些同情。

然而日前，我身體有些不適，整天恍恍惚惚躺在床上，聽了聽收音機。過去十幾年裡，我家沒有收音機。因為我偏見地認定，收音機是庸俗，裝模作樣，沒有任何才藝、機智、勇氣，厚顏無恥又吵死人的東西。因此就算空襲期間，我也是打開窗戶，探出頭去，聽鄰居家的收音機說這架飛機怎麼了，那架飛機又怎麼了，然後跟妻子說，目前大概沒事，就這樣了事。

不過坦白說，因為收音機那玩意實在有點貴。如果有人願意送我，我倒是很樂意收下，畢竟我是個極端節儉吝嗇之人，除了菸酒和美味副食品，要我去買收音機，簡直是離譜到極點地亂花錢。不料在去年秋天，我照例在外面連續喝了兩、三天酒，傍晚忽然擔心家裡是否平安無事，帶著滿腔的不安與恐懼，心跳加速到幾乎走不動，就這樣好不容易到了家門前，深深嘆了一口氣之後，猛地拉開玄關門說：

「我回來了！」

這才是清明爽朗。我原想如此告知我回來了，偏偏聲音還是一如往常地沙啞。

「哦，爸爸回來了。」七歲的長女雅子說。

「哎呀，老公，你到底跑到哪裡去了？」妻子也抱著嬰兒出來了。

情急之下，我想不出漂亮的謊話，只好說：

「到處走走。」
還拚命轉移焦點地問：
「大家晚飯都吃過了嗎？」
然後脫下斗篷大衣，踏進房裡一步，就聽到衣櫃上傳來的收音機聲。
「買了收音機啊？」
因為我有夜不歸營的把柄，不敢隨便發怒。
「這是我的喔！」七歲的長女一臉得意，「我和媽媽一起去吉祥寺買的。」
「真是太好了呀。」
身為父親，先是討好小孩，然後小聲問妻子：
「這很貴吧？多少錢？」
妻子說一千圓左右。
「貴死了！妳是怎麼籌到這麼大一筆錢的？」
我為了買菸酒和美味副食品，總是手頭拮据，還因此到處去跟出版社借錢，欠了一大筆債，家裡窮得要命，妻子的錢包裡頂多只有三、四張百圓鈔票，這是毫無虛假的窮困實況。

「這根本比不上你一晚的酒錢，還說什麼大錢……」

妻子似乎也受夠了。她笑著繼續解釋：

「你不在的時候，出版社的人送稿費來，我心一横就去吉祥寺買了這台收音機。這台是最便宜的。雅子也很可憐喔，明年就要上學了，至少要有台收音機，讓她上點音樂教育才行嘛。我也是啊，深夜等你回來，一邊做針線活的時候，有台收音機可以聽，不知道能排解我多少苦悶，對我幫助很大呢。」

「吃飯吧！」

因為這個緣故，我家也有收音機了。不過我還是照樣常在外頭蹓躂，幾乎沒有好好聽過收音機。即使偶爾播放我的作品，我也心不在焉地錯過了。

總之，一言以蔽之，我對收音機沒有任何期待。

然而日前，我臥病在床，把收音機所謂的「節目」，從頭到尾全部聽完了。仔細一聽，果然美國人指導有功吧，戰前與戰時那種庸俗感少了幾分，顯得相當熱鬧，會突然響起宛如教堂的鐘聲，也會傳出琴聲，此外還會不斷播放外國古典名曲唱片，看來下了不少工夫，讓聽眾不會聽膩。這份體貼周到沒有中場休息，一直持續著，讓我聽得如痴如醉，從白天聽到黑夜，結果書本連一頁都沒看，實在太厲害了。到了晚上八、九點，我聽到一個很妙的節目。

這節目叫「街頭錄音」，內容是播放政府官員和一般民眾在街頭互相陳述意見。

民眾語氣兇巴巴地槓上一位政府官員。官員夾雜著微妙的笑聲，淨說些極其幼稚的官話，譬如還在研究中請多包涵，也明白重建日本需要官方與民間合作，並謹記在心，在這民主主義的社會，實在沒必要如此極端，還說政府會協助各位，云云。總之，這位官員從頭到尾，等同一句話都沒說。民眾越來越火，言辭犀利地炮轟這位官員。這位官員則更加發出那種噁心笑聲，不斷客氣地重複說厚顏無恥愚蠢的官話，企圖粉飾太平。有位民眾終於哭了起來，逼問官員。

我在床上聽到這段對話，也終於火冒三丈。要是我在現場，主持人問我的意見，我一定會如此咆哮。

「我不打算繳稅，因為我靠舉債度日。我喝酒，也抽菸，這都會被課很高的稅金，只會使我積欠更多的債務，因此我必須到處奔走借錢，我根本沒有能力繳稅。再加上我體弱多病，買藥、打針、副食品都得借錢。我現在做的工作非常困難，至少比你們的工作更痛苦。整天滿腦子都是想工作，我自己都覺得我可能發瘋了。若說菸酒和美味副食品，對現在的日本人太奢侈，叫我不要吃的話，那麼日本會少一個很棒的藝術家。這一點，我敢斷言。我不是在嚇唬你。你從剛才一直在講政府啦，國家啦，裝模作樣說得像什麼大事似的，可是會逼我們走上自殺之路的政府或國家，乾脆消失算了！沒有人會覺得可惜。到時候傷腦筋的只有你們吧。為什麼呢？因為你們就失業了，幾十年的年資也化為烏有。如此一來，你太太會哭吧。我早就因為我的工作，害我太太一直哭了。我不是有意要惹她哭，實在是因為工作關係，顧不了那麼多。結果你居然嘻皮笑臉的，希望大家要體諒什麼的，開什麼玩笑！你是要我去上吊自殺嗎！太離譜了吧你！別再傻笑了！給我滾！丟不丟臉啊！我不是社會黨的右派也不是左派，更不是共產黨員。我是藝術家。你給我記清楚。我最討厭噁爛的敷衍。怎麼樣？你是瞧不起人嗎？說那種不痛不癢，敷衍了事的話！你以為這樣瞧不起民眾，就能讓民眾信服嗎？你只要說一句話就好，把實情說出來！我要聽真話！」

這種極其低俗，當面辱罵人的話，擋也擋不住，陸續湧現我的心頭。縱使我自己也覺得這些話不太文雅，但實在怒不可遏，竟也獨自激動起來，最後還飆出了眼淚。

反正是背地裡逞威風才敢如此放肆。畢竟我對經濟學完全外行，對稅金問題也一竅不通，若真的身處那個街頭錄音現場，想必會戰戰兢兢地提問，結果立刻被官員開示一番，落得只能回一句「這樣啊，不好意思」的窩囊下場。

不過我還是很厭惡那個官員的傻笑，那證明了他的心虛，所言不實，根本隨便說說敷衍民眾。如果那個傻笑的答辯，是官僚的本質，那麼官僚確實惡劣。未免太看不起人，太看不起這個社會了。我聽著收音機怒火中燒，厭惡到很想去那個官員家放火。

「喂！關掉收音機！」

我無法再忍受聽那個官員的傻笑。我不要繳稅。只要那種官員還在繼續傻笑，我就不繳稅！被抓去關也無所謂。只要那種敷衍的官話還在繼續說，我就不繳稅！我氣得快抓狂，滿心懊惱不甘，淚水就這樣滾了下來。

不過，我對政治運動還是沒興趣，不僅和自己的個性不合，也不認為投身政治運動能救得了自己，只讓我覺得鬱悶煩躁。我的視線，總是看向人間的「家」。

這晚，我吃了日前醫生給我的鎮定劑，心情稍微平靜了些。不去想現今日本的政治與經濟，只思索剛才那個官員的生活形態。

他的傻笑，應該不是輕蔑民眾之笑。他絕非那種個性之人。那是為了保護自身安全與立場之笑，是防禦之笑，是為了避開敵人針鋒相對之笑。換言之，那是敷衍之笑。

於是我躺在床上的幻想，發展出接下來的劇情。

街頭議論結束後，他鬆了一口氣，擦拭汗水，然後忽然擺出一張臭臉回到辦公室。

「情況如何？」

下屬如此一問，他苦笑說：

「哎，慘兮兮啊。」

另一個剛才也在討論現場的下屬拍馬屁說：

「不不不，您剛才答得乾脆俐落，堪稱快刀斬亂麻。」

「快刀？是怪刀吧？」

他依然苦笑地說，內心相當糾結。

「才不是呢！根本是那些發問的民眾腦筋有問題！畢竟我們可是千軍萬馬……」

這名屬下也發現馬屁拍過頭，立即轉移方向。

「今天的錄音，什麼時候會播出？」

「不知道。」

縱使知道也要說不知道，這樣才有大人物的氣勢。他擺出已經忘了剛才的事的模樣，慢條斯理地開始工作。

「總之，很期待那個廣播節目播出吶。」

下屬又小聲拍馬屁。但這個下屬，其實一點也不期待，而且節目播出當晚，他在詭異的路邊攤喝奇妙的劣製燒酎，正好到了街頭討論節目的播出時段，他卻吐個不停，絲毫沒有樂趣可言。

真正興致勃勃期待節目播出的是，這位官員與他的家人。

節目終於要播出的當晚，他比平常早一小時回家。節目開始前三十分鐘，全家緊張兮兮聚集在收音機旁。

「待會兒這個箱子裡，會出現爸爸的聲音喔。」

夫人抱著年幼的么女，如此對女兒說。

中學一年級的兒子端正跪坐，雙手確實放在膝上，規規矩矩等節目開始。這孩子長相俊秀，在學成績也很好，並打從心底尊敬父親。

廣播節目開始了。

父親泰然自若抽起菸來，但菸沒點好，火立刻就熄了。可是他沒注意到，又吸了一口，指間夾著菸便開始傾聽自己的答辯，覺得自己的答辯錄得比預期好。這樣應該沒問題了，沒出大錯。官廳的風評應該也不錯。然而，這是此刻對全日本播出的節目，他逐一端詳家人的表情。每個人臉上都閃耀著驕傲與滿意之色。

家庭的幸福。家庭的和平。

人生最高的榮冠。

我說這話完全沒有嘲諷之意，真的是一幅美麗感人的景象。但，慢著。

此時，我想像的劇情嘎然中斷，一個詭異的念頭閃現腦海。家庭的幸福。有人不渴望家庭的幸福嗎？我說這話沒有調侃諷刺之意。家庭的幸福，可說是人生最高的目標，也是榮冠吧。甚至是最後的勝利。

但為了得到這個，它卻讓我懊惱地潸然落淚。

躺在床上思索之際，猛地心念一轉。

腦海忽然湧現下一個短篇小說的主題。這個官員，並沒有出現在這篇小說裡，他的身世背景是我病中幻想的產物，當然不是真人真事。而這個短篇小說的主人翁，也只是我幻想中的人物。

……故事發生在幸福和平的家庭裡。主人翁的名字就暫且定為「津島修治」吧，這是我戶籍上的名字。倘若隨便取個假名，萬一現實生活裡剛好有人同名同姓就不好了，為了不給這個人帶來困擾，避免引起沒必要的誤會，我就用我的戶籍名寫。

津島的工作崗位在哪裡都好，只要是所謂的政府機關就好。因為剛才說了「戶籍名」這個詞，就乾脆設定為公所的「戶籍課」吧。其實怎樣都好，因為主題已經出來了，剩下只要針對津島的工作鋪排情節即可。

那就設定津島修治，在東京都的某公所上班，所屬單位戶籍課。年齡三十歲，總是面帶笑容，雖不是美男子，但氣色很好，是所謂的開朗之臉。配給課的老小姐還說，只要和津島說話就會忘記辛勞。二十四歲結婚，育有一女一男，女兒六歲，兒子三歲。家庭成員除了夫妻和兩個小孩，還有他的老母，共五人。總之是個幸福家庭。他在公所上班以來，從沒出過任何差錯，是戶籍課的模範員工；對妻子而言也是個模範丈夫；對老母而言更是模範孝子。此外對小孩而言，也是個模範爸爸。而且他菸酒不沾，並非忍著不碰，而是不想碰。老婆將政府配給的菸酒，全部拿去黑市賣，買老母和小孩喜歡的東西，絲毫不小氣。為了家庭幸福，夫妻倆都全力以赴。這家人的原籍是東京都的北多摩郡，津島的父親當過在地的中學和女學校的校長，後來到處調職，全家也跟著一起遷移，最後到仙台當某中學的校長之後，第三年病逝了。津島察覺老母的思鄉之情，舉家遷回東京，並大手筆將父親留下的遺產，幾乎全數拿去買房子，就是現在這間位於武藏野一角的新式住宅。這間房子是全新的，分別是八疊、六疊、四疊半與三疊，共四個房間。津島也在親戚的引介下，開始於三鷹町的公所上班。所幸戰時沒有遭逢災難，兩個小孩也都長得白白胖胖，老母和妻子也相處融洽。他則是日出而起，到井邊洗臉，神清氣爽之餘，不禁擊掌啪啪兩聲對太陽膜拜，只要想起老母與妻子的笑容，即使外出採買，扛著二十多公斤地瓜回來也不嫌重，無論下田幹活、挑水、劈材都甘之如飴，更樂於念繪本給小孩聽，讓小孩當馬騎，陪小孩玩積木，此外床上工夫也不錯。生活雖然簡樸，家庭氣氛總是如沐春風。寬廣的院子全部翻耕成田地，但這家的主人和只會追求利益的實利主義者不同，他很有品味，在田地周圍種了四季花草與會開花的樹，院子角落的雞舍養了白色來亨雞，每當母雞下蛋，全家歡聲雷動。真要一一列舉的話，真的寫不完，總之津島家是個幸福家庭。前些時候，在同事的強迫推銷下買了兩張彩券，其中一張中了一千圓。津島原本就是冷靜沉著的人，沒有慌亂也沒有大聲嚷嚷，也沒有告知家人和同事，過了幾天在上班途中，繞去銀行領現金。他是為了家庭幸福，不僅不吝嗇，甚至不惜花大錢的人，此時他想到家裡的收音機。這台收音機早就壞了，破損到拿去收音機店修理時，被宣告「已完全無法修理」，這兩、三年早已成為茶櫃上的裝飾品，因此他走出銀行後，立即前往收音機店，毫不猶豫買了一台新的，並將家裡的住址告訴店家，請他們送去家裡，然後若無其事去公所上班。

但畢竟買了新收音機，他心裡其實相當雀躍，知道老母和妻子一定又驚又喜，長女也已懂事，第一次聽到家中收音機播放出來的音樂，想必既興奮又得意，還有小兒子可能會眨著大眼睛，一臉納悶地盯著收音機，然後全家一同大笑。自己下班回家後，才將「彩券」的祕密告訴大家，大夥兒聽了又是一陣歡笑。津島想到這這幅情景，恨不得趕快下班回家，徜徉在幸福家庭的溫馨裡。

由於歸心似箭，這一天也顯得特別長。

終於到了下班時間！津島迅速整理辦公桌面。

就在此時，一個衣衫襤褸的女人，氣喘吁吁衝到津島的窗口前，遞出出生證明書。

「麻煩您了。」

「不行喔，今天已經結束受理了。」

津島帶著一貫「讓人忘記辛勞」的笑臉回答，將桌面整理得一乾二淨，拿著空便當盒站了起來。

「拜託您。」

「妳看看時鐘，下班了。」

津島開心地說，將出生證明書推回窗口外。

「拜託您幫幫忙。」

「明天再來吧，明天再來。」

津島語氣十分溫柔。

「一定要今天辦才行。明天我很困擾。」

但津島已經走人了。

……圍繞著衣衫襤褸的女人生小孩的悲劇。這種故事有各種形態吧。雖然我（太宰）不清楚，這個女人為何非死不可，總之她在這天深夜，跳玉川上水自殺了。這個消息出現在報紙首都圈版的一角，篇幅很小，女子身分不明。津島沒有任何罪過，他只是下班時間到了，照規定下班而已。津島根本不記得這個女人，而且一如往常，笑咪咪地為家庭幸福竭盡全力。

短篇小說的大綱大致如此，我在病中睡不著構思出來的。然而仔細想想，這個主人翁津島修治，也不是非得公務員不可，設定為銀行員或醫生都可。但話說回來，我會構思這個小說，起因於那個官員的傻笑。那個傻笑的根源是什麼呢？我追根溯源，找到了「家庭的自私」，這個堪稱陰鬱的觀念，然後最終得到一個可怕的結論。

亦即，家庭的幸福是諸惡之本。

老海德堡[1]

1 篇名取自邁亞・佛斯特（Wilhelm Meyer-Förster）於一八九八年寫下的小說，之後改為五幕劇的《老海德堡》（*Alt-Heidelberg*）。海德堡為浪漫主義之城，依山傍水，地靈人傑，城市的年紀老到不可考，卻處處洋溢青春氣息——因為當地最活躍的居民，是來自世界各地的學生。而太宰治也曾於帝大學生時期，來到象徵老海德堡的「三島市」。

這是八年前的事。當時我是極為怠惰的帝大學生，曾經在東海道的三島度過一個夏天。故鄉的姊姊寄了五十圓給我，並說這是最後一次寄錢給我，我收到錢以後，將換洗的浴衣和襯衫等塞進學生書包，揹起書包便走出租屋處，如直接去搭火車也就罷了，不料搞錯方向，竟走進了熟識的關東煮店，恰巧遇到三個朋友。他們已喝得醉醺醺，看到我便調侃地說：「哎呀，瞧你這身打扮，是要去哪裡嗎？」我一時怯懦倉皇，竟脫口說出言不由衷的邀請：「也不是要去什麼特別的地方啦，你們要不要也一起去？」由於騎虎難下，便自暴自棄地說：「我家鄉的姊姊給了我五十圓，大家一起去旅行吧。不用打包什麼行李，這樣直接去，走吧，走吧。」就這樣拉著不情願的朋友們踏上旅途。下場會如何，我自己也不知道。那時我是個相當蠻不在乎的孩子，而世上也讓我們蠻不在乎地撒嬌。我原本是想去三島寫小說。我在三島有個朋友叫高部佐吉，小我兩歲，開了一間酒鋪。佐吉的哥哥在沼津經營大型釀酒廠，佐吉是家中么兒，我們在一個偶然的機會相識，由於我也是家中最小的男孩，兩人又同樣父親早逝，因此很談得來。我也見過佐吉的哥哥，是個肚量很大的好人。佐吉集家中寵愛於一身，卻經常滿腹牢騷，也曾貿然離家，笑嘻嘻地來我東京租屋處找我。後來佐吉在家中鬧了幾次革命，終於穩定下來，在三島郊區買一間小巧雅緻的房子，將哥哥家的酒桶擺在店裡，開起酒鋪賣酒。他和二十歲的妹妹住在這裡。我打算去他家。可是我沒去過他家，只看過他在信中描述的模樣，因此去了若覺得不適合叨擾，我會立刻走人，若適合的話我打算請他讓我住一個夏天，我想在這裡寫篇小說。如今卻迫於無奈帶了三個朋友同行，總之我先買了四張到三島的車票，裝出自信滿滿的模樣讓朋友上了火車。可是這樣一票人真的可以貿然去佐吉的酒鋪叨擾嗎？隨著火車前進，我也越來越忐忑。到了日暮時分，火車接近三島站時，那種忐忑膽怯使我渾身打顫，數度眼眶噙淚。我不想讓朋友知道我的不安，於是一個勁兒地說佐吉的人品有多好又多好，其中還反覆穿插傻瓜般無意義的話：「到了三島就沒事了，到了三島就沒事了。」說得自己都厭惡起來。雖然我也再度給佐吉拍了電報，但不知他會不會來三島車站接我，要是他沒來，我帶著三個朋友究竟該如何是好？到時候我不就顏面掃地了？到了三島站下車，走出剪票口一看，站內空無一人。我心想，啊，果然完蛋了，淚水幾乎奪眶而出。車站位於稻田正中央，完全看不到三島市區的燈火，無論往哪個方向看都是一片漆黑，聽得見清爽微風拂過稻田的聲音，蛙叫聲也攝人心魂，我徹底束手無策。沒有佐吉在，我真的不知如何是好。因為買了車票和一些有的沒的，姊姊給我的五十圓也花掉了不少，朋友們身上當然沒錢，這點我知道得很清楚，畢竟是我從關東煮店硬把他們拉來的，況且朋友們十分信得過我，我也只能打腫臉充胖子，裝出一副自信滿滿的態度，其實內心苦得要命。我硬是擠出笑容，大聲說：

「佐吉怎麼還不來啊，一定是搞錯時間了。看來我們只好自己走了，而且這個車站本來就沒有巴士。」我裝作很懂的樣子，重新拿好包包，邁步向前。這時黑暗中浮現兩道黃色車頭燈的燈光，搖搖晃晃照過來。

「啊，是巴士。原來現在有巴士了呀。」我先是難為情地低喃，然後勇敢向友人們下達號令：「哦！好像是巴士來了！去搭巴士吧！」大夥兒靠在路邊排排站，等候慢吞吞的巴士到來。巴士終於停靠在站前廣場，乘客紛紛下車。仔細一看，佐吉穿著白色浴衣也一派悠哉出現在下車乘客中。我差點吼叫地鬆了一口氣。

佐吉來了，我就有救了。這晚在佐吉的帶領下，我們從三島坐計程車，約三十分鐘來到古奈溫泉。三個朋友，和佐吉，和我，總共五個人，住進古奈最好的溫泉旅館，開心地喝酒大啖美食，朋友們也很都很滿足，翌日頻頻道謝便回東京去了。旅館費在佐吉能說善道的斡旋下，老闆特別算我們很便宜，我阮囊羞澀也足以支付。不過給朋友們買了回程車票後，就剩不到五十錢了。

「佐吉，我變成窮光蛋了。你三島的家，有房間可以給我睡嗎？」

佐吉什麼都沒說，只用力拍拍我的背。就這樣，我在三島的佐吉家住下了。三島是個遺世的美麗城市，水量豐沛的小河如蜘蛛網般流經整座城市，清澈的水底可見綠意盎然的水藻，家家戶戶的院前都有河流經過，有的穿過地板下，甚至廚房邊就是河流，三島居民可以直接坐在廚房清洗衣物。以前這裡也是東海道的知名驛站，後來逐漸沉寂，唯有歷代久居此地的居民執拗地以傳統為傲，即使沉寂也不失往昔的美麗風俗，亦即所謂滅亡之民，耽溺於有榮譽的懶惰。其實遊手好閒的人蠻多的。佐吉家的後面，常有二手市集。我曾去看過一次，委實眼花撩亂，難以直視。那裡什麼都賣什麼都不奇怪，有人直接騎腳踏車來賣，這還算好的，我甚至看到一位老先生從懷裡掏出口琴，賣了五錢，真是無奇不有。市集買賣的東西包羅萬象，有老舊的達磨掛軸、鍍銀的錶鍊、衣領骯髒的女人短外褂、玩具汽車、蚊帳、油漆畫、圍棋、刨刀、嬰兒襁褓衣等等，大夥兒笑也不笑喊價十七錢、二十錢，進行交易。來市集的大多是四十到六十歲，上了年紀的男人，感覺像是沉迷酒色搞到身無分文，為了想買個五合酒，踢飛並狠揍苦苦哀求他的老婆和小孩，把家中最後一件物品拿出來賣。又或者像爺爺向孫子騙取口琴，表面上說是借的，一溜煙就偷偷從後門溜出來這裡賣。甚至也有老頭子，以兩錢把念珠賣掉。其中最誇張的是，一位長相頗有氣質的退休禿頭老人，竟把女人髒兮兮的和服直接塞進懷裡帶來賣，自暴自棄地攤開這塊布（已稱不上和服了），擠出自嘲的笑容說：「多少錢？多少錢？」一希望能賣得好價錢。這真是個頹廢的城鎮。到了市區酒館一看，也是保持往昔驛站時期的模樣，屋簷低矮，油紙拉門髒兮兮的，進去點酒，一定是這家上了年紀的老闆親自溫酒，自誇為客人溫了五十年的酒，志得意滿地強調，酒好不好喝的關鍵在於溫酒技術。由於老一輩是這副模樣，因此年輕人更誇張，通常沉迷於玩樂，身子纖弱。每天一早，就有各種大小流氓來到佐吉家。佐吉外表看起來不是很強壯，但可能很會打架吧，大家都對佐吉心服口服的樣子。我在二樓寫小說，樓下店裡一早就喧鬧不已，佐吉格外拉高嗓門說：

「不說你們不知道，二樓的客人可厲害了！走在東京的銀座街頭，看不到像他那麼有男子氣概的。打架尤其厲害，還曾吃過牢飯呢！他還會空手道喔。你們看這根柱子，這裡凹了一個洞吧。這就是二樓客人打凹的！」居然信口開河胡說八道，聽得我在二樓根本坐不住，只好下樓在樓梯口小聲呼叫佐吉。

「你不要胡說八道啦。這叫我以後怎麼見人。」我嘟著嘴訴說不滿，不料佐吉卻笑嘻嘻地說：

「沒有人會當真啦。大家打從一開始就當謊話聽，只要說得有趣，他們就開心了。」

「這樣啊，原來大家都是藝術家啊。不過說真的，以後別撒那種謊了，我會心神不寧。」扔下這句話，我又回到二樓，繼續寫那篇小說〈羅曼式藝術〉，不久又聽到佐吉扯開嗓門說：

「說到酒量的話，沒有人可以贏過二樓的客人。他每晚喝三瓶兩合的溫酒，臉頰只是稍微泛紅喔，然後輕鬆地站起來，叫我和他一起去澡堂洗澡，很厲害吧。去了澡堂，還能泰然自若地用日本剃刀刮鬍子，沒有任何傷痕。甚至連我的鬍子他也常常幫我刮呢。洗完澡回來又繼續工作。真的有夠穩的。」

這也是瞎掰的。我每晚吃飯的時候，就算沒特別點酒，他們也會自動附上一大瓶兩合的溫酒。糟蹋別人的好意總過意不去，因此我總是很快就喝掉。但那好像是從酒廠直接拿來的酒，純度頗高，也不該兌水喝，等於喝了五合的普通酒很容易醉。而佐吉不喝自家釀造的酒，因為他深知哥哥釀造的酒貪得了多少不當利益，所以實在喝不下去。他說喝這種酒會吐，因此想喝酒都去外面喝。由於佐吉不喝，我一個人喝醉了也很難看，所以儘管喝得頭有點暈，兩合喝完就立刻吃飯，吃完飯休息不到片刻，佐吉便邀我去澡堂洗澡。婉拒他又顯得任性，因此我便答應和他一起去澡堂。進入澡堂後，我呼吸痛苦得快要死掉，搖搖晃晃地從沖澡處要逃回更衣室時，佐吉一把抓住我，很好心地說我鬍子長了，要幫我刮鬍子。我又拒絕不了，只好答應，請他幫我刮。就這樣筋疲力盡，步履踉蹌地回到家後，想說再寫一點稿子吧，低喃地爬上二樓，結果直接倒頭就睡了。佐吉也應該知道，他一定知道，為何要睜眼說那種瞎話呢。三島有一座很出名的三島大社，一年一度的盛大祭典即將來臨。聚集在佐吉店裡的年輕人也都是祭典的幹部，興高采烈地在談各種計畫。有在街上四處拖曳供人跳舞的平台，有女扮男裝的手古舞，還有山車和煙火。三島的煙火歷史悠久，其中有種煙火叫「水煙火」，在大社的水池中施放，當煙火打上天空，倒映在水面，美得宛如從池底不斷湧出煙火，絢爛動人。依序記載百餘種煙火名稱的大型煙火一覽表，會發給家家戶戶。逐漸熱鬧起來的祭典氛圍，充斥在這個寂寥城鎮的角落，那種反差顯得相當突兀，帶點悲傷也令人雀躍。祭典當天晴空萬里，我一早去井邊洗臉，遇見佐吉的妹妹。她隨即摘下綁在頭上的頭巾向我打招呼：「恭喜恭喜。」我也能不彆扭地回以祝賀：「啊，恭喜。」倒是佐吉一副超然，沒有穿祭典的盛裝，只是穿平常衣服在打理店裡的事。不久年輕人接二連三來了，各個都穿花俏的大浪圖案浴衣，腰際插著團扇，頭上也都綁著頭巾，笑容滿面地「嗨，恭喜恭喜」、「嗨，恭喜恭喜」向我和佐吉打招呼。這天我也從一早就心情浮蕩，但也沒和那些年輕人一起去拉山車，稍微寫點稿子便又心慌意亂地起身，在二樓的房間踱來踱去。當我走到窗邊往下望，看見院子的無花果樹下，佐吉的妹妹一派輕鬆地在洗佐吉的長褲，和我的襯衫。

「小彩，妳怎麼不去看祭典？」

我如此大聲一說，小彩回頭笑了笑，也大聲回答：

「我討厭男人啦。」

接著又開始洗衣服，以普通的音量繼續說：

「酒鬼經過酒鋪前面，會噁心得令人毛骨悚然吧？跟那個一樣啦。」小彩笑得肩膀微微震動。她那年才二十歲，卻比二十二歲的佐吉，甚至比二十四歲的我更成熟，態度總是乾脆俐落，簡直像我們的監督者。這天佐吉也顯得心煩氣躁，即使想和城裡的年輕人一起玩，他的自尊心也斷然不允許自己穿花俏的大浪浴衣，因此反而更排斥祭典，一個人鬧彆扭地說：「啊，無聊透頂，今天店裡要打烊啦，不管是誰都不賣酒了。」然後騎著腳踏車，不曉得上哪兒去了。過了不久，佐吉打電話給我，叫我去老地方。我像得救似的，立刻換上新浴衣奔出家門。所謂老地方，就是那間炫耀自己溫了五十年酒的老爺的酒館。到了那裡，看見佐吉和一位叫江島的青年，笑也不笑，臭著臉在喝酒。我和江島之前也喝過兩、三次酒，他和佐吉一樣，都是有錢人家出身，卻對此不滿，但什麼也不做，只會憤世嫉俗的青年。而且他長得十分俊美，絲毫不輸佐吉。看來今天他也是受不了祭典的喧鬧，逕自鬧彆扭地反抗，故意穿髒兮兮的平日衣服，在這間昏暗的酒館喝悶酒。加上我，我們三人默默地喝一陣子之後，外頭忽然傳來吵鬧的隊伍行進腳步聲，還有煙火聲，叫賣聲。江島似乎受不了起身說：「走吧！我們去狩野川！」不等我們回答便逕自走出店外。我們三人故意挑小巷子走，逃離三島走向沼津，到了日暮時分，終於來到江島位於狩野川畔的別墅。從後門進去一看，一位老先生穿著一件襯衫睡在客廳。江島見狀大吼：

「幹嘛呀，你幾時來的？昨晚又徹夜賭博對吧？快滾！快滾！我帶客人來了。」

老先生起身，露出和藹的笑容向我們致意，佐吉顯得十分恭謹，客客氣氣向老先生行了一禮。江島卻一副蠻不在乎地說：

「快穿上衣服啦，這樣會感冒。啊對了，回家路上順便幫我打個電話，叫啤酒和料理立刻送到這裡來。祭典無聊透頂，我要在這裡喝到死。」

「好喔。」老先生答得輕鬆詼諧，立即穿好衣服，消失般地不見了。佐吉突然爆笑：

「他是江島的父親喔，寵江島寵到不像話，居然還說『好喔』。」

不久啤酒來了，各種料理也來了，我們吃吃喝喝唱著莫名其妙的歌。在暮靄的籠罩下，眼前狩野川漾著滿滿的水，猶如舔著岸邊青葉緩緩流去。我驀然唐突地心想，真是一條深到令人驚懼的蒼綠河川，萊茵河大概就是如此吧。由於啤酒喝光了，我們再度折返三島。路途相當遙遠，我走著走著，好幾次點頭打盹。頭一頓，睜開沉重的眼皮，螢火蟲咻地從我額頭飛過。終於回到佐吉家後，看到佐吉住在沼津老家的母親來了。我向伯母打了招呼便上二樓，將蚊帳掛成三角形倒頭就睡了。睡著睡著聽到爭吵聲醒了過來，朝窗戶一看，佐吉將長梯架到了屋頂，在梯子下方和母親爭吵。今夜會放直徑兩尺的煙火球，城裡的年輕人也早就興奮地在談這個大煙火。這個大煙火的施放時間快到了，佐吉無論如何要讓母親看，偏偏母親遲遲不肯。這時佐吉也喝得相當醉了。

「我叫妳看，妳就去看嘛。爬上屋頂可以看得很清楚。我都說我要揹妳上去了，來，快啦。別再拖拖拉拉的，我揹妳上去啦。」

母親還是很猶豫。妹妹也一身灰白地站在旁邊，低低竊笑。四下明明無人，母親卻悄悄環顧四周才下定決心，讓佐吉揹上去。

「嗯，很重吧。」看起來相當重的樣子。母親年近七十，體重目測約六十公斤甚至超過，身材相當肥胖。

「不要緊，不要緊。」佐吉說著，慢慢往上爬。我看著這對母子心想，啊，就是因為這樣，母親才會如此疼愛佐吉。無論佐吉做出多任性的事，母親不惜和哥哥吵架，也會護著么兒佐吉。比起兩尺的大煙火，我覺得這一幕更美麗動人，也就心滿意足睡著了。在三島，我還有很多難忘的回憶，以後有機會再談。那時我在三島寫的小說〈羅曼式藝術〉，受到兩、三人的誇讚，但我依然沒自信，至今依然持續寫著不怎麼樣的小說，或許這是我的命運吧。三島對我而言，是個難忘的地方。若說我之後八年的創作，全都來自三島的思想所致也不過，三島對我就是如此重大。

八年後，現在我不能耍賴向姊姊要錢，和故鄉也音訊不通，只是一個貧窮瘦弱的作家，然而日前我也終於存了點錢，帶著內人和岳母，以及妹妹，一起去伊豆做了兩天一夜的旅行。在清水下車後，走向三保，繞到修善寺，在此住了一晚，歸程終於來到三島。我直嚷嚷：「這是好地方，這是很棒的地方喔。」硬要大家下車，興高采烈帶她們逛三島市，想起以前三島的回憶也努力說給她們聽，但說著說著我自己卻沮喪起來，最後陷入極度憂鬱什麼都不想說。因為現在看到的三島一片荒涼，全然是個陌生城鎮。這裡已經沒有佐吉了，也沒有妹妹小彩了。江島也不在這裡了吧。以前每天聚在佐吉店裡的年輕人，現在可能也一臉世故，還會罵老婆吧。無論走到哪裡，都沒有往昔的氛圍了。並非三島褪色了，或許是我的心乾涸老化了。這八年來，在那個往昔悠哉的帝大學生身上，只有窮苦貧困的日子持續著。這八年來，我老了至少二十歲。不久連雨都下了，內人、岳母和妹妹，即便紛紛稱讚這是好地方，真是平靜的城鎮，但仍掩不住臉上困惑之色。我忍不住帶她們去我以前熟識的酒館。那間房子實在太髒了，女人們在門口猶豫要不要進去，我不由得大聲說：

「店雖然很髒，可是酒很棒喔。因為有個溫酒溫了五十年的老爺爺在。這間酒館在三島是有歷史的。」語畢，我硬推她們進去。進門一看，那位穿紅襯衫的老爺爺不在，出來招呼的是一個無趣的女服務生。店裡的桌椅依舊，但角落擺了一台電唱機，牆上貼著電影女明星沒氣質的巨幅畫像，整個氛圍充斥著濃濃的低俗感。為了趕走這種令人無力的陰鬱氣息，我想至少點個一桌好菜，讓餐桌熱鬧點吧。

「烤鰻魚，還有鮮蝦鬼殼燒，以及茶碗蒸，各四份。如果這裡做不出來，請打電話叫外送。哦，還有酒。」

母親聽了一臉憂慮地說：「不用叫這麼多啦。別浪費錢吶。」她不知道我有多難受，說得很認真。因此我終於難受到無以復加，成了世上最沮喪的人。

哥哥們

父親過世時，大哥大學剛畢業二十五歲，二哥二十三歲，三哥二十歲，我十四歲。哥哥們都很溫柔，而且成熟，因此儘管父親去世，我也絲毫沒有無依無靠感。我將大哥視為父親，二哥則像辛苦的伯父，總是向他們撒嬌。無論我如何鬧彆扭耍任性，哥哥們總是笑著原諒我。他們什麼都不讓我知道，讓我隨心所欲過日子，可是哥哥們就不能這樣了，為了守護超過百萬的遺產，以及亡父在政治上的諸多勢力，一定付出不為人知的辛苦努力。我們家沒什麼可依靠的伯父，只能靠二十五歲的大哥，與二十三歲的二哥，通力合作解決一切問題。大哥二十五歲當上町長，接觸了一些政治現實後，三十一歲當上縣議員。據說那時是全國最年輕的縣議員，報上將他譽為A縣的近衛公[1]，甚至躍上漫畫廣受歡迎。

儘管如此，大哥依然總是抑鬱寡歡。因為他的願望並不在此。大哥的書架上有王爾德全集、易卜生全集，還有很多日本劇作家的書塞得滿滿的。他自己也寫劇本，時而會把弟妹們召集過來，讀劇本給大家聽，這時他臉上總散發出由衷的欣喜。那時我年紀還小，聽不太懂，不過可以感覺到，大哥的劇作大多以宿命的悲劇為主題。其中長篇劇作《爭奪》，我至今仍記得很清楚，甚至可以想起劇中人物的表情。

大哥三十歲時，我們家發行了一本名稱可笑的同人雜誌《青澀》，由當時就讀美術學校雕塑科的三哥負責編輯。

「青澀」這個名稱是三哥獨自想出來的，他相當得意。封面也是他畫的，可是畫得非常超現實，用了大量銀粉，壓根兒看不出在畫什麼。大哥在創刊號發表了隨筆。

這篇隨筆的名稱是〈飯〉，由大哥口述，我負責記錄。至今我仍記得很清楚，那天在二樓的西式房間裡，大哥雙手環在背後，望著天花板，慢條斯理邊走邊說：

「好了嗎？好了嗎？我要開始說嘍。」

「好的。」

1 近衛文麿（一八九一—一九四五），年僅三十便成為貴族議院的決議員，曾三度出任日本首相。

「我今年三十歲。子曰三十而立，我別說立了，都快倒下了。我真切地感受到，我逐漸失去了生存價值。硬要說的話，除了吃飯以外，我不覺得自己活著。這裡說的『飯』，既非抽象的生活形態，也非生活意欲的概念，單純只是指一碗滿滿的白米飯。嚼著那白米飯的瞬間，我所感受到的事。那是一種動物性的滿足。真是粗俗的話啊。……」

當時我還是個中學生，努力記下大哥這番述懷時，也覺得大哥真的很可憐。人們只會無知地將他捧為A縣的近衛公，卻沒人知曉大哥真正的寂寞。

二哥沒在這本創刊號發表任何作品，但他是谷崎潤一郎的忠實讀者，從早期就開始讀了，後來也很欣賞吉井勇[2]的人品。二哥酒量很好，有種俠客豪邁心性，但絕不因酒誤事，一直是大哥商量事情的好對象，處事認真，待人謙遜。但我覺得，二哥內心深處或許有吉井勇那種「踏入紅燈不復歸者真我也」的鬱勃雄心吧。二哥曾在地方報紙發表過一篇有關鴿子的隨筆，也刊出了他的近影。當時二哥開玩笑地向我炫耀：「怎麼樣？看看這張照片，我也算得上是文士吧？跟吉井勇有點像吧？」家人都說，二哥的臉長得像左團次[3]，很有派頭；大哥的臉則線條纖細，彷如松蔦[4]。兩人也都意識到這一點，因此喝醉酒時，甚至會唱起左團次和松蔦的《鳥邊山心中》或《皿屋敷》等戲碼。

這種時候，獨自躺在二樓西式房間沙發上，遠遠聽著兩位哥哥的唱腔，然後「切」一地發出惡毒笑聲的，就是三哥了。三哥雖然進了美術學校，但身子虛弱不太能賣力雕塑，反倒沉迷寫小說。他有很多文學方面的朋友，和這些朋友發行了同人雜誌《十字街》，自己也畫封面，此外偶爾也以「夢川利一」這個筆名，發表《苦笑收場》之類的低彩度小說。可是兄姊們都受不了這個筆名，表面上沒說，私下都在偷笑。三哥還將自己的筆名以羅馬字「RIICHI UMEKAWA」印成名片，裝模作樣送了我一張。我定睛一看，這是「利一．梅川」吧？驚訝之餘問三哥：「你的筆名是夢川吧？是故意印成這樣嗎？」

「啊，糟糕！我可不是梅川呀！」三哥滿臉通紅，因為他已把名片發給朋

---

2 吉井勇（一八八六—一九六〇），大正、昭和時期的詩人、劇作家。

3 市川左團次，當時知名的歌舞伎演員。

4 市川松蔦，當時知名的歌舞伎演員。

友和前輩，以及熟悉的咖啡店。這不是印刷廠誤植，是三哥自己指定印成「UMEKAWA」。但這也是大家易犯的錯誤，一個不慎「YU」這個日文發音，就會讀成英文的「U」。然而這卻引來全家哄堂大笑，從此三哥在家裡被戲稱「梅川老師」或「忠兵衛老師」。三哥身體衰弱，在十年前、二十八歲過世了。他的臉美得不可思議，當時姊姊們常看的少女雜誌，每個月都有蕗谷虹兒畫的少女插圖，眼睛很大，身材苗條，而三哥的臉和那些少女神似。我常望著他的臉望得出神，無關嫉妒，而是一種奇妙的心癢歡愉。

三哥生性認真，甚至隱隱帶著一種嚴格耿直，卻心儀以前法國流行的風流紳士風，也信奉鬼面毒笑風，喜歡裝出瞧不起人的孤高模樣。當時大哥已經結婚，生了一個小女孩，暑假一到很多親戚從各地趕來，有A市來的、H市來的，或從各地學校來的，有年輕的叔叔或阿姨，大夥兒齊聚一堂，上演姪女爭奪戰，有人說「來來來，來東京叔叔這裡」，也有人說「來來來，來A阿姨這裡」。這時三哥總站在離大家有點距離的地方，說剛出生小姪女的壞話：「還只是一團紅紅的嘛，令人毛骨悚然。」然後迫於無奈似的，稍微伸出雙手又說：「來來來，來法國叔叔這邊。」還有吃晚飯時，大家都面對自己的餐點而坐，我這一排的順序是祖母、母親、大哥、二哥、三哥，和我。對面則是帳房、嫂子、姊姊們並排而坐。大哥和二哥，無論天氣多熱都堅持喝日本酒，因此會叫人在兩人旁邊備妥大毛巾，就這樣喝著溫熱的日本酒，一邊以大毛巾擦拭流倘的汗水。每晚，兩人都能喝掉一升以上，但兩人的酒量都很好，所以從未在餐桌上失態鬧事。而三哥絕對不跟他們喝，總是雲淡風輕坐在自己的位子，自顧自將葡萄酒注入精雕細琢的玻璃杯倏地喝光，然後迅速吃完飯，正經八百地行個禮說：「請慢用。」一溜煙就不見了。他真的是相當絕妙的人。

《青澀》這本雜誌發行時，三哥也以總編輯的身分對我下令，要我去蒐集家中成員的稿子給他看，看著蒐集來的稿子，咯咯地毒笑。當我終於寫完大哥口述的〈飯〉，得意洋洋交給總編輯後，他看著看著嗤笑說：

「這是什麼呀？這是號令語氣吧，還『子曰』咧，真要命！」大肆批評一番。三哥總是這樣，縱使明白大哥的落寞，基於自己的嗜好也要吐槽一番。如此毒舌批評別人的作品，那他自己的作品呢？說到這位三哥的作品，實在令人心虛。《青澀》這本雜誌的創刊號，總編輯自重地沒有發表小說，倒是發表了兩首抒情詩。這兩首詩，如今仔細端詳依然稱不上傑作。我現在甚至感到遺憾，三哥那種人怎麼會發表這種東西，實在不好意思寫出來。他發表的是這樣的兩首詩。一首是〈紅色美人蕉〉，另一首是〈矢車菊惹人憐〉。前者是「紅色美人蕉，恰似我的心。云云」，像這樣的詩，我實在很不好意思寫出來。後者是「矢車菊惹人憐，一朵，兩朵，三朵，放進我衣袖裡。云云」。這究竟是什麼詩？果然還是深深壓在箱底比較好吧。為了那位瀟灑風流的紳士哥哥，我如今依然如此認為。當時，我很尊敬三哥徹底的滑稽詩，況且三哥也是東京相當出名的同人雜誌《十字街》的成員，更何況他對這首詩相當自豪，在鎮上的印刷廠校對這首「紅色美人蕉，恰似我的心」，還配上奇怪的曲調唱了出來，因此我也覺得這應該是什麼傑作吧。關於這本《青澀》雜誌，有很多令人懷念又噴笑的回憶，但今天不知為何懶得說，就以這位三哥過世時的事來做結尾吧。

三哥過世前兩、三年，已常臥病在床。結核菌，開始蠶食他身體各部位。儘管如此，他的精神還是很好，不太回鄉下老家，也沒住院，在東京的戶山原附近租了一間房子，其中一個房間讓同鄉的W夫婦住，其他則全部自己住，過著相當悠閒的生活。我上了高等學校以後，放假也不回鄉下老家，通常去位於東京戶塚的三哥家玩，然後和三哥在東京街頭亂逛。三哥很會撒謊，走在銀座時，他邊走邊小聲尖叫：「啊！是菊池寬！」指向一位肥胖大叔。由於他說得一臉正經，我也不得不信。在銀座的不二屋喝茶時也是，他忽然以手肘輕輕戳我，低聲說：「佐佐木茂索也來了。你看，就在你後面那桌。」到了很後來，我直接見到菊池先生和佐佐木先生，才知道三哥在跟我說謊。三哥珍藏的川端康成短篇集《感情裝飾》扉頁上，有毛筆字寫著夢川利一先生和作者簽名，三哥說這是在伊豆的某溫泉旅館結識川端先生，當時川端先生送他的書。如今想想也不知真偽，下次遇到川端先生，我也想問問看。最好是真的。不過以我收到川端先生來信的字跡而言，和記憶中夢川利一先生與作者簽名的字跡有些不同。三哥總是能天真無邪地捉弄別人，真的不能大意。據說這種「神祕捏造」也是法國風流紳士的一種日常娛樂，顯然三哥也無法逃脫這種惡習。

三哥過世時，是我剛進大學那年的初夏。那年的正月，他將自己畫的掛軸裝飾在客廳的壁龕，上面題著「今春佛心生，不喜美酒與佳肴」，訪客看了都哈哈大笑，三哥也莞爾傻笑，然而這並非三哥平日愛好的神祕捏造，而是出自他的真心吧。他平常總愛捉弄人，所以訪客也只是大笑，完全不擔憂這攸關三哥的性命。不久三哥又想出一個新名堂，在手腕掛上一串小念珠，自稱「愚僧」。由於他很認真自稱愚僧，因此他的朋友也開始模仿，大夥兒說起話來都愚僧來愚僧去，一時蔚為流行。但三哥做這種事並非為了搞笑，而是心裡有數，知道自身肉體消滅的時間已迫在眼前，偏偏他的鬼面毒笑風格，讓他無法率直地悲傷，反而拚命開玩笑。譬如他曾以手指不斷撥著念珠說：「愚僧也為那位婦人心亂神迷，說來慚愧，不過這也證明了愚僧尚未枯槁啊。」然後踉踉蹌蹌地帶我們去高田馬場的咖啡店。這名愚僧愛好打扮，前往咖啡店途中，忽然發現忘了戴戒指出門，竟毫不猶豫折返回家戴戒指，然後重新出門，一臉雲淡風輕地向大家說：「久等了。」

我上了大學以後，在三哥戶塚家的附近租了房子住，但為了避免干擾彼此的學習，大概三天或一週見一次面，見面時一定一起上街，有時去聽落語，有時去逛咖啡館，就在這時三哥談了一場小戀愛。三哥自命是風流紳士，所以老愛裝模作樣，女人都不太喜歡他。而近來高田馬場那間咖啡店，有位三哥心儀的女子，可是情況沒什麼起色，三哥也不知如何是好。畢竟他是自尊心很強的人，絕不會對那名女子亂送秋波，或說低級笑話，每次都是悄悄地去，喝完一杯咖啡又悄悄地走了，一直如此持續著。有天晚上，我和三哥一起去那間咖啡店，喝了一杯咖啡後，情況依然沒起色，三哥也就此離開了。然而在歸途上，他忽然去花店買了一大把康乃馨和玫瑰組成的花束，花了將近十圓。當他捧著花束走出花店，整個人顯得扭扭捏捏，我一看便知道他的心思，一個箭步縱身搶下那把花束，猶如脫兔般奔回剛才那間咖啡店，躲在門邊，將那位女店員叫出來。

「妳知道我叔叔（我都如此稱呼三哥）吧？不能忘了他喔。來，這是我叔叔送妳的。」我快速說完並把花束遞給她，可是她竟一臉摸不著頭緒的樣子，氣得我當場想揍她一頓。這盆冷水澆得連我都洩氣了。後來步履蹣跚地去三哥家一看，他早已躺在床上，心情顯得很差。那時三哥二十八歲，我小他六歲，二十二歲。

這年的四月起，三哥以異常的熱情開始雕塑，把模特兒請來家裡，好像要做一件很大的軀幹雕像。我不想打擾三哥工作，所以那陣子不太去三哥家。後來有個夜晚，我去探望了一下，三哥躺在床上，臉頰有點紅地說：「我不再用夢川利一這個名字了，今後我打算堂堂正正用辻馬桂治（三哥的本名）來創作。」以三哥而言，這是相當罕見，絲毫沒有打趣搞笑，非常認真說的一句話，聽得我差點哭了出來。

接著過了兩個月，三哥沒有完成雕像就過世了。過世前幾天，同住的W夫婦說他的情況有點怪，我也有同感，便去問三哥的主治醫生。醫生竟氣定神閒地說：「頂多再撐個四、五天。」我大吃一驚，立刻打電報通知鄉下老家的大哥。大哥抵達東京前，我在三哥旁邊陪睡了兩晚，用手指清除卡在他喉嚨的痰。大哥來了以後，立刻雇了看護，朋友們也陸續聚集在三哥家，我也安心了不少。大哥來之前的兩晚，如今回想起來也恍若地獄。在昏暗的燈光下，三哥要我打開許多抽屜，叫我撕碎許多信件與筆記本。我照著他的話做，邊撕邊哭。三哥一臉不可思議地望著我。那時我深深覺得，這世上只剩我們兩人。

三哥斷氣前，大哥和朋友們圍繞在他身邊。當我喊了一聲：「三哥！」三哥口齒清晰地說：「我有鑽石領帶夾和白金鍊條，都給你。」這是謊言。三哥可能到臨死之際，都不願捨棄他的風流紳士作風，故意說這種時髦的話來逗我吧。也有可能是下意識，又在賣弄他拿手的神祕捏造。因為我知道，他根本沒有什麼鑽石領帶夾，但也因此，他那講究門面的心情更讓我悲傷，不由得號啕大哭。沒有留下任何作品，卻是出色一流藝術家的三哥。擁有世界第一的美貌，卻完全不受女人喜愛的三哥。

我原本也打算寫一些三哥過世後的事，忽然轉念一想，這種悲傷不只我有，只要曾歷親人過世的人，一定都嘗受過這種哀痛。如果寫得像我的特權似的，反而對不起讀者，因此提筆的意欲也頓時萎縮了。當時三十三歲的大哥，正在寫發給鄉下老家的電報，寫下「桂治，今晨四時，逝世」後，不知想到什麼，忽然放掉手上的電報紙慟哭起來。那副模樣，如今依然在我削瘦乾扁的胸中晃動。父親早逝的兄弟們，無論再有錢，依然是可憐的。

維榮之妻

作　　者　太宰治
譯　　者　陳系美
主　　編　呂佳昀

總 編 輯　李映慧
執 行 長　陳旭華（steve@bookrep.com.tw）

社　　長　郭重興
發 行 人　曾大福
出　　版　大牌出版 / 遠足文化事業股份有限公司
發　　行　遠足文化事業股份有限公司
地　　址　23141 新北市新店區民權路108-2號9樓
電　　話　+886-2-2218-1417
傳　　真　+886-2-8667-1851
封面設計　許晉維
排　　版　新鑫電腦排版工作室
印　　製　成陽印刷股份有限公司
法律顧問　華洋法律事務所 蘇文生律師

定　　價　380 元
初　　版　2018年9月
三　　版　2023年5月

電子書E-ISBN
ISBN：9786267305133 (EPUB)
ISBN：9786267305140 (PDF)

國家圖書館出版品預行編目資料

維榮之妻 / 太宰治 作 ; 陳系美 譯 . -- 三版 . -- 新北市 :
大牌出版 : 遠足文化發行 , 2023.05
280 面 ; 14×20 公分
譯自 : ヴィヨンの妻
ISBN 978-626-7305-15-7 (平裝)

861.57　　112004374